춤추는 조르바

춤추는 조르바

지은이 ǀ 김형국

초판 인쇄 ǀ 2024년 5월 4일
초판 발행 ǀ 2024년 5월 7일

펴낸이 ǀ 신중현
펴낸곳 ǀ 도서출판 학이사
출판등록 ǀ 제25100-2005-28호

　대구광역시 달서구 문화회관11안길 22-1(장동)
　전화_(053) 554-3431, 3432　팩시밀리_(053) 554-3433
　홈페이지_http://www.학이사.kr
　이메일_hes3431@naver.com

ISBN_979-11-5854-503-1　03810

춤추는 조르바

김형국 지음

學而思|학이사

"예술이란 사실은 마법의 주문이다. 우리 내장에는 어두운 살상의 힘이, 죽이고 파괴하고 증오하고 능멸하려는 걷잡을 수 없는 충동이 도사리고 있다. 그때 예술이 부드럽게 피리를 불며 나타나 우리를 이끌고 간다."

- 카잔차키스

지난 십여 년 동안 써온 글 중 일부가 책으로 엮어지게 되니 절로 지난날을 반추해 보게 된다. 목표를 정해 놓고 달려갔다기보다는 어찌 보면 좋아하는 것을 따라가다 보니 어느덧 여기에 이르렀다. 더군다나 나름 생각을 하며 살아가고 있다고 여겼지만 나의 인생은 내 의도대로 흘러가지는 않았다. 우선 음악 그것도 성악을 전공하게 된 것부터가 그랬다.

성악가의 길

어릴 적 누나가 피아노를 쳤기에(전공은 하지 않았지만 꽤 잘 친 것으로 기억한다.) 자연스럽게 가까이 하게 되었다. 하루도 배워본 적은 없었지만 그 덕분에 군대생활 중 교회 반주를 맡기도 했다. 그리고 역시 누나가 듣던 클래식 LP판을 나도 덩달아 귀동냥하다 보니 쇼팽 피아노 협주곡 1번 같은 음악이 그냥 좋아졌다. 내가 정말 좋아했던 송창식의 노래만큼은 아니었지만 가끔 클래식 음악 감상실에 가면 별로 지루하지 않았으니 고전음악과 조금은 친하게 지냈다고 볼 수 있다.

그러다 강원도 전방에서 군대생활을 하게 되었고 당시 나를 특별히 아껴주시던 대대장님의 지원으로 중창단을 만들게 되면서 노래와 더 가까워지게 되었다. 그때 꽤 여러 행사를 다니며 노래하던 우리 중창단의 노래를 들은 사람들은 나에게 "너는 목소리가 이쪽이 아니라 저쪽인 것 같다."며 성악이 어울리겠다는 소리를 많이 했다. 이런 얘기를 듣게 되면서 정말 어디에 홀린 듯 성악가가 되기로 결심했다.

그렇게 대학과 대학원 그리고 유학 생활을 마치고 귀국 후 나름 정말 열심히 노래했다. 모교 개교 기념오페라 〈아이다〉를 위해 일시 귀국한다는 마음으로 가족과 함께 돌아왔다가 그냥 눌러앉게 되었다. 이듬해 인천오페라단 창단공연 오페라 〈팔리아치〉 출연은 이전과 이후로 나눌 수 있을 만큼 나에게 큰 분기점이 되었다. 당시 공연이 두 달이나 연기되면서 결국 그 기간만큼 더 그곳에 가야만 했다. 그러나 한 번도 리허설에 빠지지 않았으며 쟁쟁한 성악가들 사이에서 기죽지 않고 젊고 싱싱한 소리를 내는 나를 좋게 본 사람들과의 인연이 시작되었다. 덕분에 정말 많은 무대에 설 수 있었다. 나의 제자들에게도 언제나 말했다. "인생은 단순 계산으로 가늠할 수 없다. 최선을 다하다 보면 그 노력에 제곱의 제곱으로 돌아올 수도 있다. 그러니 계산하지 말고 언제나 최선을 다하라."고.

테너 김형국으로서 가장 왕성히 활동하던 시기에 마음의 병이 생겼다. 자신의 약점은 자신이 가장 잘 알고 있다. 좋은 무대에서 많은 활동을 하고 가장 컨디션이 좋다고 생각하던 그 시절, 누구에게도 말할 수 없는 나의 단점에 많이 괴로워했다. 그래서 나름 잘나가던 테너에서 돌연 바리톤으로 전향했다. 음역을 낮추면 나의 한계를 극복할 수 있으리라는 생각에서였다. 바리톤으로 바꾼 후에도 테너 때만큼은 아니지만 오페라를 비롯해서 오케스트라 협연 등 무대가 꾸준히 주어졌다. 그러나 레슨도 받지 않고 혼자 공부하는 것의 한계인지 그 무엇은 결국 극복되지 않았다.

그러던 중 과거 내가 출연했던 러시아 극장 오케스트라가 내한하게 되었고, 당시 나의 노래를 좋아했던 마에스트로는 당연히 내가 아직도 테너라고 생각하고 연락이 왔다. 내한콘서트에 함께하고 싶다고. "Why not?"(안 될 건 뭐야?) 그렇게 다시 테너로 돌아오게 되었다. 스스로 최고라고 자부한 적은 없지만 나만이 할 수 있는 역할(드라마틱 또는 리리코 스핀토 역)에 대한 자신감은 항상 가지고 있었기 때문이다. 그러던 중 정말 뜻하지 않게 예술경영의 세계로 접어들게 되었다.

예술경영의 길

2011 세계육상선수권대회를 기념한 오페레타 〈박쥐〉의 주역 아이젠슈타인 역으로 준비하던 중 공연을 불과 20여 일 앞두고 대구 아양아트센터 관장으로 일하게 된 것이다. 당시 아양아트센터 상주단체 대표로 있던 나에게 가까운 후배가 관장직에 도전해 보라며 권유했다. 사실 전임관장이 그만 둔 지도 전혀 모르고 있던 나는 우선 공연장 관장은 내가 할 수 없는 일, 즉 엄두가 나지 않았기에 강하게 거절했다. "니 할 일이나 잘 하라."는 핀잔과 함께. 그러나 며칠 동안 계속 권유하던 후배의 말이 싫지 않았고 어느덧 마음에 변화가 생겼다. 그래서 나의 음악인생 중 유일하게 내가 먼저 "하고 싶다, 시켜 달라."고 부탁한 〈박쥐〉 공연을 얼마 남겨 놓지도 않은 시점에 그만두는 민폐를 끼치게 된 것이다.

나의 예술경영은 그렇게 시작되었다. 잘났든 못났든 한때 인생을 걸고 노래하던 사람이었다. 어떻게 보면 가장 사랑하던 일을 버리고 스스로 다른 길로 가게 된 것이다. 당시 앞으로 노래는 어떻게 할 것이냐는 기자들의 질문에 "관장의 역할에만 충실하겠다. 필드는 필드에 헌신하는 사람들의 것이다. 앞으로 어쩌면, 생길 수도 있는 봉사활동이라면 모를까 공식적 무대에 서는 일은 없을 것이다."라며 나로서는 마음 아픈

선언을 했고 그것을 지금껏 지켰다. 성악가의 길을 포기하고 시작한 공연장 관장의 일이 늘 만족스러운 것은 아니었다. 끊임없이 "금을 팔아 구리를 산 게 아닌가?" 하는 회의감이 들 만큼 무대에서 노래하는 일은 그리웠다. 하지만 나는 뒤에서 예술가들을 돕고 그들을 위한 기회를 만들어 가는 일, 누군가의 말처럼 '뒤 광대'의 일에 집중했다.

아무튼 굉장한 부담, 두려움을 안고 시작한 관장일이지만 걱정보다는 안착을 할 수 있었다. 아마도 군대에서의 행정병 생활, 음악인 사회적 기업 창업 등의 경험이 알게 모르게 나에게 축적되어 있었던 것 같다. 가까운 어르신들께서 속도 조절하라고 조언할 만큼 내가 일하는 조직의 변화에 그야말로 드라이브를 걸었다. 분명 내가 일하던 기관에 긍정적 변화를 많이 만들어 냈다고 생각한다. 그리고 관장직을 출세의 발판으로 삼지 않고 본연의 임무에 충실했다고 자부한다. 나에게 주어진 시간이 길지 않기 때문에 언제나 최선을 다했다. 그러다 보니 힘들어 하는 동료들도 생기게 되었고 세심히 다독여 주지 못한 것에 대해서는 미안한 마음도 든다. 한편 나의 뜻에 호응해 주며 정말 함께 발맞춰 뛰어준 모든 동료직원들이 고맙기 그지없다. 이들이 아니었다면 아무것도 할 수 없었을 것이다. 이건 분명한 사실이다.

글의 길

이런 길로 접어들게 되면서 글을 쓰게 되었다. 문화 관련 일을 하다 보니 글을 써달라는 부탁을 여러 지면에서 받게 되었다. 그렇게 본격적으로 글을 쓰게 되면서 글쓰기는 생활이 되었다. 이 바탕에는 책 읽기가 있었다. 어려서부터 누나가 읽던 고전이 많아 자연스럽게 책 읽는 습관을 가지게 되었다. 독서량을 자랑할 만큼은 아니지만 이렇게라도 책 향기를 조금 맡았다는 사실은 글을 쓰는 데 큰 도움이 되었다. 예술행위·여행·영화·책 등 여러 가지 소재를 다루었지만 글의 방향은 크게 세 가지라고 할 수 있다.

첫째, 모든 예술가는 무릎을 꿇는 순간 그 값어치가 없어진다. 영혼의 세계, 순수의 가치 그리고 절대성에 대한 영역을 다루는데, 예술가가 쉽게 고개를 숙이면 감동을 줄 수 없다는 믿음이 있었기 때문이다. "어려우니 우리 예술계 잘 좀 도와주세요."라는 자세보다 우리 스스로 존재 의의를 만들고자 노력해야 한다. 동서고금을 막론하고 순수예술은 지원의 대상이긴 하지만, 그리고 돈이 없으면 할 수 있는 게 많지 않지만 우리부터 예술을 진정 사랑하고 존중하며 그 가치에 대한 확신이 먼저여야 한다는 생각을 글 속에 녹여 넣으려 했다.

둘째, 지역에서 '예술경영자는 어떠해야 하는가?' 라는 고민을 많이 했다. 일본의 건축이 오늘날 분명한 자리매김을 할 수 있게 된 많은 이유 중 가장 중요한 것은 자기 지역의 건축을 지역 건축가에게 맡기는 그들의 문화이기 때문이다. 이런 관점에서 제작을 할 수 있는 극장 시스템 구축, 최고의 예술가를 소개해야 하는 의무 수행만큼이나 지역 예술가의 성장의 발판이 되고자 노력했다. 우리 옆에 있는 자산을 성장시키지 못하면 우리의 미래는 어떻게 될까? 그리고 나 같은 일을 하는 사람이 가까이 있는 아티스트를 존중하지 않고 그 가치를 알아보지 못하면 도대체 그들이 설 자리는 어디인가? 이런 마음을 글 속에 은근하게라도 나타내기 위해 애썼다.

셋째, 가능하면 긍정적 톤을 유지하려고 노력했다. 평가의 대상이 되는 자리에 있었던 사람으로서 쓴소리를 할 입장도 아니지만 그런다고 바뀌는 게 아니다. 그래서 가능하면 글을 따뜻하게 포장(?)하려 노력했다. 놀라울 만큼의 근검절약으로 자식들을 키운 나의 어머니, 이름 없는 존재로 한세상 살다 가셨지만 어머니의 그 애틋한 사랑을 어찌 한시라도 잊을 수 있겠는가. 그 흔적이라도 글에 남기고 싶었다. 그리고 알 만한 사람들은 아는 사실이지만 나는 아들을 먼저 떠나보낸 아픔이 있다. 그래서 감히 참척의 고통을 운운할 수 있는 것이다. 아들에게 미안한 마음을 조금이라도 담아보려 했다.

어떻게 보면 무모하기도 했고 무책임했다고도 할 만큼, 하기 싫은 것은 하지 않고 좋아하는 일만 하고 살아왔다. 그럼 매우 행복한 사내 아닌가? 하지만 이 말은 그만큼 가족을 힘들게 했다는 말과 같다. 가장의 무게보다도 예술가로서 자존심을 굽히지 않는 것을 더 우선시하는 나를, 그렇게 할 수 있도록 언제나 뒷받침해 주고 지지와 응원을 보내준 아내와 딸이 한없이 고맙다. 책이 나올 수 있도록 도와준 학이사 신중현 대표님과 직원분들에게 머리 숙여 감사를 드린다.

2024. 5.
김형국

차례

2
리스트를 아시나요

3
변혁의 시대

4
봄날은 간다

5

작은 기쁨에 대하여

1

비범과 평범 사이

—

칼스루에 단상斷想

우리는 공연장을 제작 기능을 갖춘 곳인가 아닌가로 구분한다. 여기서 말하는 제작이란 주로 오페라, 발레 작품을 만드는 것을 의미한다. 미국 유럽의 좋은 극장은 자체 제작한 오페라와 발레 작품을 중심으로 가을부터(또는 초겨울부터) 이듬해 초여름까지 시즌 내내 공연한다.

그들은 어떻게 제작 극장을 유지할 수 있는가? 그럴 수 있는 힘은 어디서 나오는가?

일전에 독일 칼스루에Karlsruhe시를 다녀왔다. 독일 서남부 바덴주의 주도인 이곳은 인구 30만 정도의 소도시(?)다. 매년 여름 약 25만 명의 관객이 찾는 음악 축제인 Das Fest, 세계 4위의 박물관에 랭크된 전시·미디어 센터 ZKM, 세계적 공과대학인 KIT가 있다. 그리고 연방대법원과 칼스루에 궁전 등 많은 자랑거리가 있지만 역시 역사가 300년이 된 바덴국립극장(Badisches Staats Theater)이 가장 큰 사랑을 받고 있다. 독일 내 5위권 극장으로 평가 받는 이곳 역시 오페라와 발레를 중심으로 시즌 내내 자체 제작한 작품을 무대에 올리고 있다. 이런 시스템이야 구미歐美의 권위 있는 극장들과 대동소이하지만, 예술을 사랑하고 예술가에게 한없는 존경심을 가진 칼스루에 시민들의 따뜻한 마음은 참으로 인상 깊었다.

이 공연장에는 무려 700여 명이 근무하고 있다. 오케스트라, 합창단 그리고 발레단과 행정인력까지, 30만이라는 인구에 비교해 굉장히 많은 아티스트들이 잘 갖춰진 시스템과 적극적 재정 지원으로 매일 매일 창작에 매진한다. 대단한 수준의 작품을 만들고 있지만 그들이 만든 모든 공연이 세계최고라고 말하기는 어렵다. 그럼에도 불구하고 대부분의 경우 매진 세례다. 또한 다소 아쉬움이 남더라도 객석을 가득 메운 관객들은 아낌없이 기립박수를 보내준다. 이런 전폭적인 지지야말로 이 극장이 존재하는 가장 큰 힘이요 또한 존재의 의의이기도 하다.

그리고 극장에는 완성된 예술가만 있는 것이 아니다. 교육 시스템도 잘 되어 있어서 어린이를 위한 프로그램과 미래의 주역이 될 젊은 아티스트를 위한 제도도 완비되어 있다. 예술 대학과의 협업체제, 해외 유망주를 발굴하여 교육시스템을 통한 무대진출 등 다 익은 과실로만 상을 차리는 것이 아니라 새싹들이 잘 자랄 수 있도록 시간과 예산을 효율적으로 투자

하고 있다. 이러한 진정성이 그들의 힘이라고 본다.

한국은 세계적 아티스트를 다수 보유하고 있는 예술 강국이다. 전 세계 주요 오페라 극장에 한국 성악가가 없으면 공연을 할 수 없을지도 모른다고 그들은 말한다. 세계적 콩쿠르 본선 진출자 중 한국 성악가가 너무 많아 한때 일종의 장벽을 친 적도 있을 정도다(일부 국가의 일이긴 하지만). 유학을 거치지 않고도 권위 있는 국제 콩쿠르에 입상하는 경우도 자주 볼 수 있다. 클래식 시장에서도 한국은 놓칠 수 없는 매우 큰 시장이다.

이 정도면 한국인은 예술에 있어서 타고난, 그리고 이들을 잘 교육시킬 수 있는 시스템과 무대까지 갖춘 매우 드문 나라 중 하나임은 분명하다. 그러나 우리나라는 예술에 있어서 제작 국가인가 아니면 소비 국가인가 양분해서 본다면 답은 후자일 것이다.

한국과 같은 예술 소비국가의 특징 중 하나는 관객의 눈높이가 대단히 높다는 것이다. 관객의 선택은 언제나 옳지만 그 기준은 매우 엄격하다. 최고가 아니면 선택받지 못한다. 이런 살벌한 시장에서도 우리 예술가들은 살아남고 있다. 구미의 극장처럼 집약된 기능을 갖춘 시스템에서 일할 수 있는 터전도 거의 없다. 그럼에도 불구하고 예술가의 창작열은 식은 적이 없다. 다만 우리 사회가 그들을 존경하지 못할 때 그들은 더 이상 예술을 계속할 힘을 잃을지도 모른다.

독일 역시 이러한 시스템을 유지하기에는 재정적 압박이 존재한다. 이러한 위기가 상존함에도 불구하고 예술가들이 꿈을 마음껏 펼 수 있는, 제작극장을 유지할 수 있는 요인은 무엇인가? 칼스루에 시민들의 예술에 대한 깊은 사랑과 예술가에 대한 한없는 존경. 이런 따뜻한 마음이 예술적 힘의 근원이 되는 것이다.

17년의 임기를 마치고 칼스루에 극장의 발레단 감독이 떠나게 되었다. 그동안의 발레단 역사를 중심으로, 떠나는 감독에 대한 온갖 스케치를 가득 담은 화려한 책자를 멋지게 만들었다. 책의 마지막 페이지에는 감독 부부가 바캉스 복장으로 모두에게 안녕을 고하고 떠나는 모습을 담았다. 사람에 대한 예의, 배려, 이런 것들이 부러울 따름이다.

리스본행 야간열차와 월드뮤직

파스칼 메르시어의 동명소설을 텍스트로 한 영화 〈리스본행 야간열차〉. 제레미 아이언스의 지적인 연기와 리스본 거리 풍경이 아름다운 이 영화에는 너무나 멋진 대사가 많다. 그러나 그 우아하고 고상한 말은 영상과 함께 너무나 빨리 지나간다. 그래서 원작에서 그 말의 향연을 즐기고자 뒤늦게 소설책을 찾아 읽었다. 하지만 영화와 소설의 전개는 다른 점이 많고 영화 속의 '아이언스'와 달리 소설 속의 '그레고리우스'는 우아하고 멋진 모습이 아니었다. 그럼에도 불구하고 영화와 소설을 관통하는, 타인의 삶을 통해서 진정한 자신을 찾아보는 여정은 아름답다.

항상 정확하고 짜인 틀 속에서 생활하던 고전문헌학 교사 그레고리우스는 우연한 사건으로 인해 일탈(?)하게 된다. 지적 호기심에 가득한 그는 충동적으로 리스본행 야간열차에 올라 『언어의 연금술사』를 쓴 '아마데우'의 흔적을 찾아 나선다. 포르투갈 카네이션 혁명 이전 몇 년간 있었던 일에서 우리는 다양한 인간의 모습을 보게 된다. 너무나 이성적이며 고귀한 정신을 지녔으나 다소 이상주의자인 '아마데우'. 그의 절친이자 동지였던 '호르헤(조르지)'. 그는 정의롭고 열정에 가득 찼지만 고귀함과는 거리가 있다. 이 두 사람의 영혼을 흔들어 놓은 '에스테파니아.' 그녀는 너무나 영민하여 이것이 사랑인지, 사랑의 얼굴을 한 다른 감정인지 그 미묘한 차이를 본능적으로 알아차린다. 그래서 현실을 직시하고 자신만의 길을 찾아간다.

양심을 지키며 살아가는 사람은 역사 앞에서 부끄러움이 없다. 그런 사람들은 세월 앞에서도 당당하고 훗날 아름다운 재회를 가질 자격이 주어짐을 이 작품은 잘 보여준다. 그레고리우스는 평소의 그답지 않게 과감한 선택으로 길을 나섰다. 그가 충동적으로 일탈한 것처럼 보이지만, 존경받는 선생이자 흔들림 없는 생활을 하던 그도 늘 진정한 자아에 대한 갈망이 있었음을 역설적으로 보여주는 행동이다. 소설에서는 그레고리우스가 고향 베른을 떠날 것이라는 것을 여러 번 그리지만 영화에서는 안과의사 마리아나가 리스본역에서 그레고리우스를 향해 "가야만 하느냐"고 하자 흔들리는 눈빛의 아이언스 모습을 통해 우리에게 애잔한 감정을 불러일으키며 끝을 맺는다.

이 영화에서는 들을 수 없었지만 리스본, 포르투갈 하면 '파두'와 축구가 떠오른다. 60~70년대의 포르투갈 축구영웅 에우제비오가 세상을 떠나자 그가 오랜 기간 뛰었던 벤피카 구장에서 장례식이 열렸다. 이 자리에서 조가를 불렀던 사람이 포르투갈 파두의 여신 둘스 폰트스였다. 파두의 여왕으로 불렸던 아말리아 호드리게스가 파두의 존재를 전 세계에 알렸다면 둘스는 파두를 월드뮤직의 정점으로 확립한 사람이다. 그가 부르는 〈바다의 노래〉를 듣노라면 왜 여신인지 금방 알 수 있다.

유네스코 무형문화유산인 파두는 한과 그리움을 담은 노래다. 대항해시대 바다로 떠난 남자들을 기약 없이 기다리는 여인들의 마음이 낳은 노래라고 한다. 이것을 '리스본 파두'라고 부르며 반대로 '코임브라 파두'라고 불리는 것은 거친 세상을 지나와도 가족을 만날 길 없는 남자들의 마음을 그린 노래다. 그들만의 애환과 서정이 노래로 굳어진 것. 이런 것이 민요이고 오늘날 '월드뮤직'이란 형태로 자리하면서 우리에게 와 닿게 된다.

사람들은 월드뮤직이란 장르에 대해서 다소 궁금해하는 것 같다. '각 나라의 고유한 전통음악을 바탕으로 한 현대 대중음악'이라는 사전적 의미를 담은 월드뮤직. 따라서 이것은 재즈, 팝, 포크와는 태생이 다르다. 이것들과의 경계선이 희미한 부분도 있지만 출발점은 분명히 다르다. 삶이 고행의 연

속인 것은 동서고금을 막론한 현상인지라 대부분의 민요는 한이 깔려있다. 오랜 세월을 지나며 형성된 그들만의 정서를 담은 민요는 힘이 있다. 그래서 이를 바탕으로 한 월드뮤직은 쉽게 공감대를 형성하며 우리의 마음을 여는 것이다.

비범과 평범 사이

A는 겉으로 보기에는 평범한 사내다. 마흔은 넘어 보인다. 그리고 옷도 늘 수수하게 입고 다닌다. 그런데 연습실과 무대에서는 전혀 다른 사람으로 변한다. 흔히 말하는 '사자후'를 토해낸다. 대구 시립극단 단원인 그의 내공은 멀리서 스쳐 지나듯 보면 잘 알 수 없다. 가까이서 봐야 그의 진가를 알 수 있다. 연습에 임할 때의 그는 아우라가 뿜어져 나와 보는 사람을 압도한다. 물론 그 하나만이 아니다. 가끔씩 극단 연습장면을 보게 되면 이런 에너지를 가진 사람이 하나둘이 아니다. 그래서 그들이 연습하는 공간에는 이런 기가 응축되어 있는 것 같다. 뜨겁다.

B는 이미 이름난 무용수다. 꽤 많은 사람이 그의 팬임을 자처한다. 이름 정도 알던 그를 가까이 볼 기회가 지금은 상대적으로 많다. 대구시립무용단 여자단원인 그의 동작은 손

끝 하나 의미 없이 움직이지 않는 것 같다. 아직도 현대무용을 어려워하는 나 같은 문외한에게도 그의 움직임은 설득력이 매우 강하다. 그게 뭐였어? 라고 물으면 딱히 설명할 말이 궁하긴 하지만 그 동작과 표정은 사람의 마음을 움직인다. 물론 그만이 아니라 시립무용단 단원들의 칼 같은 동작과 반짝이는 눈빛은 아름답다. 가까이에서 지켜본 그들의 경지는 나 같은 보통 사람들의 상상을 초월한다.

C는 대구를 대표하는 국악연주자다. 그뿐만 아니라 대한민국 정상급이라 부르기에 전혀 손색없다. 서양음악을 사랑하는 음악애호가나, 국악을 처음 접하는 벽안이라 할지라도 그의 연주는 언제나 사람의 마음을 움직인다. 그런 장면을 지켜보며 드는 생각. "역시 고수는 뭔가 다르다."

시립국악단원 중에는 정말 뛰어난 연주자들이 많다. 국악 장르의 특징상, 주 전공 악기 외에도 다양한 악기를 다루는 이들이 많다. 그런데 그 솜씨들이 놀랍다. 정말 재주꾼이 많구나 하는 느낌이 절로 든다.

D는 있는 듯 없는 듯 조용조용한 성품의 사람이다. 시립국악단 한국무용단원인 그는 늘 차분한 모습이지만 공연이나 연습에서는 빛이 난다. 작품에 녹아든 표정과 때로는 우아한 곡선으로, 때로는 역동적으로 뿜어내는 춤사위는 '아! 무용수였지' 라는 자각을 준다.

여기에 언급한 우리의 아티스트들은 특정한 개인이기도

하고 단원 전체의 모습이기도 하다. 이런 이야기를 하는 이유는 언급한 장면을 바라보며 이들의 뛰어난 예술성을 우리의 시스템이 다 담지 못하고 있는 것이 아닌가 하는 생각이 들어서다. 특히 각 개개인이 가지고 있는 장점을 제대로 담기에는 제도상 한계점이 있다고 본다. 미안하기도 하고 안타깝기도 하다. 그런 한편 이들의 멋진 에너지를 한번 제대로 분출시켜 보자 하는 도전의식이 강하게 생기기도 한다. 우리의 시스템이 존재할 수 있는 근본은 사람이 있어서이다. 그래서 사람을 키우는 시스템이 되어야 한다. 그리고 그 사람이 시스템을 살리는 선순환구조가 바람직하다고 본다.

　지역 예술인의 가치를 제대로 조명할 수 있는 프로젝트는 다양한 장르와 채널을 통해서 이미 많이 시행하고 있지만 조금 더 초점을 맞출 필요가 있다. 즉 그 사람이 가진 장점을 어떻게 하면 극대화할 수 있는가에 대한 고민을 더 깊이 해야 한다. 틀 속에 사람을 집어넣는 것이 아니라 그 사람 자체에 대한 성찰이 먼저라고 본다. 그리고 이러한 맞춤형 개인 조명 사업은 장르별 특성을 고려해야 한다. 즉 그 장르에 맞는 환경조성에 대한 연구가 매우 깊어야 한다. 예를 들어 기계음향을 쓸 것인지 말 것인지, 반드시 큰 극장 무대를 고집할 것인지 아니면 작은 무대를 선택할지 또는 공간을 바깥으로 끄집어내는 것이 더 효과적일지 아티스트와 대화를 통하여 도출시키는 것이 중요하다. 예술가가 가진 특성과 장점을 극대화시키는 작업의 반복과 축적을 통해서 우리의 역량을 키울 수 있다고 믿는다. 하지만 이런 프로젝트를 만들어 가기에는 마음의 부담이 따른다. 무대에 올라 조명을 받는 한 명의 예술가 뒤에는 상대적 상실감을 느끼는 아홉 명의 아티스트가 있기 때문이다. 그렇다 하더라도 비범한 우리의 아티스트들을 더 빛나게 할 의무를 미룰 수가 없다. 아니면 흐르는 세월 따라 비범과 평범의 간격은 매우 좁혀질 수밖에 없으리라. 그것도 평범 쪽으로.

불안의 시대를 넘어

번스타인Leonard Bernstein 탄생 100주년을 맞아 우리나라를 비롯한 세계 각처에서 그를 기리는 음악회가 열렸다. 번스타인은 지휘자로서 카라얀과 함께 한 시대를 이끌었다. 또한 뛰어난 피아니스트, TV를 활용한 해설이 있는 '청소년 음악회'라는 영역을 최초로 개척한 달변가이다. 그리고 '지휘하는 작곡가'를 꿈꿨던 번스타인답게 작곡가로서도 위대했다. 다재다능했던 그는 오히려 "작곡가들은 나를 진정한 작곡가로 여기지 않고, 지휘자들 역시 그러하다. 심지어 피아니스트조차 나를 피아니스트로 인정하지 않는다"며 한탄을 했다 한다. 이는 분야 각각마다 워낙 뛰어나기 때문에 다른 분야는 오히려 빛이 바래보이는, 일종의 착시현상이라고 본다.

그는 오페라, 오페레타 그리고 발레음악과 〈웨스트사이드 스토리〉를 비롯한 다수의 뮤지컬, 그 외에도 많은 기악곡을 썼다. 3개의 교향곡도 남겼는데 이 중에서 가장 화제가 되고 있는 것은 그의 교향곡 2번에 대한 이야기다. 이 작품은 당시 암울했던 시대와 깊은 관련이 있다.

번스타인은 한 그림과 시에서 깊은 인상을 받아 2번 교향곡 〈불안의 시대(1949)〉를 썼다. 20세기 미국인 삶의 단면을 무심하고 무표정한 방식으로 그림으로써 인간 내면의 고독과 상실감, 단절을 표현했다는 평을 받는 미국의 대표적인 사실주의 화가 호퍼E. Hopper의 〈밤의 사람들(1942)〉이다. 번스타인은 두 대의 클라리넷으로 조용하고 우울하게 시작하는 2번 교향곡의 프롤로그가 이 그림에서 영감을 받았다고 말했다.

또 영국의 대표적 시인 오든W. H. Auden 역시 〈밤의 사람들〉에서 영감을 받아 전쟁의 암울한 시간에서 행복을 찾는 사람들을 그린 장편 시 「불안의 시대(1947)」를 썼다고 한다. 이 그림에 등장하는 4명의 생각과 행동을 추정하고 또한 그들 사이에 벌어지는 상상의 세계를 탐구, 묘사한 시인의 동명작품 구성 그대로 번스타인은 음악을 만들어 냈다.

번스타인은 70년대 중반 지메르만K. Zimerman이 국제적 명성을 얻기 직전부터 이 젊은 피아니스트와 인연을 맺고 많은 연주와 녹음을 함께 해 나갔다. 2번 교향곡도 지메르만과 함께했던 번스타인은 그에게 '내가 백살이 되거든 다시 한번 이 곡을 연주하자'고 말했다 한다. 번스타인은 세상을 떠났고 그의 탄생 100주년이 되는 2018년 지메르만은 세계 각처에서 번스타인이 아닌 다른 지휘자들과 함께 그의 작품을 연주했다. 그는 한국에서도 필하모니아 오케스트라와 함께 이 작품을 연주했다. 이에 앞서 일본 도쿄 산토리 홀에서도 사이먼 래틀이 이끄는 런던 심포니 오케스트라(LSO)와 함께 번스타인의 2번 교향곡 〈불안의 시대〉를 연주했다.

어느 해 나는 가족과 함께 도쿄 여행을 가게 되었고 딸에게서 이 음악회 티켓을 선물 받았다. 나로서도 생소한 레퍼토리의 음악회를 고가의 관람료를 지불하고 본다는 것이 부담이 되었다. 하지만 여행 틈틈이 미리 듣고 공부한 이 작품에서 큰 감명을 받게 되었다. 컴퓨터 화면이지만 호퍼의 그림에 나타난 4명의 표정에서 몸과 마음이 유리된 듯한, 희망이 없는 현실의 어두운 그림자를 짙게 느낄 수 있었다. 번스타인 역시 그의 음악과 인생에 존재한 모순과 균열의 아픔이 있었고, 당시 시대 상황에서 자유로울 수 없었다. 그런 번스타인 또한 '불안의 시대'를 벗어나고자 하는 열망이 있었음을 음악을 통해 충분히 느낄 수 있었다.

연주는 과연 명불허전이었다. 래틀이 지휘하는 LSO의 다이나믹의 변화는 현란했으며 지메르만은 번쩍이는 여유가 넘쳤다. 1부 일곱 시기와 일곱 무대를 표현하는 피아노는 그야말로 '확실'했다. 2부 가면극의 재즈풍 연주는 역시 '피아니스트의 피아니스트' 답다는 말 외에는 달리 표현할 방법이 없었다. 래틀과 지메르만 그리고 LSO는 1부의 주선율로 풀어나가는 에필로그의 장엄하고 희망 가득한 선율을 아름답고 따뜻하게 연주해 어둠의 시대에서 환희의 세상으로 나가고자 하는 번스타인의 의지를 감동적으로 표현했다.

대가大家의 품격品格

1950~60년대는 오페라의 황금시대라 부른다. 이 시기에는 지금의 세계적 성악가들도 고개를 숙일 수밖에 없는 전설적 성악가들이 즐비했다. 그 중심에는 이탈리아 출신의 테너들이 있었다. 디 스테파노, 델 모나코, 코렐리 등과 함께 쟌니 라이몬디Gianni Raimondi도 황금시대의 주역이었다. 라이몬디는 이들에 비해 명성은 조금 떨어졌지만 오페라 팬들에게 각별한 사랑을 받았던 테너였다. 그의 목소리는 무대에서 정말 잘 들리는, 소위 '달리는 소리'였다고 한다. 그리고 그의 특별함을 나타내는 유명한 말이 있다. 일 도 디 페토(Il do di Petto - 두성만이 아닌 가슴으로 Hi-C를 낸다는 뜻)는 그의 음반 재킷 타이틀로도 쓰였던 라이몬디를 상징하는 말이다.

오래 전 이탈리아 유학 생활 초반, 이 세계적 테너를 만나기 위해 밀라노 집을 나서서 볼로냐로 향했다. 당시 차가 없어 기차를 이용했다. 볼로냐역에서 버스를 두 번이나 갈아타야 그의 집에 갈 수 있었다. 이탈리아 북부 에밀리아로마냐주(州)의 시골, 야트막한 구릉지대 위의 하얀 대저택이 그의 집이었다. 당시 막 70대에 접어든 노(老)대가는 다정하고 친절했으며 활력이 넘치는 사람이었다.

아직도 쩌렁쩌렁한 목소리를 가진 그와 짧은 만남을 뒤로하고 집으로 가야 할 시간이 되었다. 버스를 두 번이나 갈아타야 하고 말도 서툰 내가 걱정되었는지 마에스트로는 역으로 바로 갈 수 있는 버스 종점까지 태워다 줬다. 그리고 버스 기사에게 역에 도착하면 나를 잘 내려주라는 부탁까지 하곤 시가를 입에 물고 정류장에 서서 기다렸다. 버스가 한참이나 있다가 출발하자 그제서야 그는 손을 흔들어주며 돌아가는 것이었다.

이미 그 당시 오페라 무대에서 은퇴한 지 오래되어(그는 60대 초반에 목소리의 문제가 아닌 극장의 먼지 알러지 때문에 은퇴했단다. 참고로 유럽의 유서 깊은 오페라 극장은 먼지가 엄청나다.) 수많은 성악도들이 그를 찾아왔을 텐데, 그 많은 사람 중 보잘것없는 한 사람인 나를 위해 베푼 그의 따뜻하고 사려 깊은 행동에 깊이 감동했다. 당대의 위대한 테너였던 그가 보여준 친절에서 대가의 넉넉한 품격을 볼 수 있었다.

대구 오페라 하우스에서 특별한 행사가 열린 적이 있었다. 최고의 성악가 중 한 명인 베이스 연광철의 마스터 클래스가 그것이었다. 이날 음악뿐만 아니라 인간적으로 따뜻하고 흔들림 없는 가치관을 가지고 있는 그를 확인할 수 있었다. 연광철의 예술적 성과에 대해서는 이론이 없을 것이다. 특히나 전기도 들어오지 않는 시골에서 자라 청주대 음악교육과를 거쳐 불가리아와 독일에서 유학 그리고 세계무대에서 거둔 그의 성공은 대단히 드라마틱하다. 그는 늘 2인자의 삶을 살았다고 말했다. 한국에서는 시골 출신, 유럽에서는 동양인, 하지만 이런 핸디캡을 극복하고 그는 정상에 섰다. 그의 내면을 조금이라도 들여다보면 이런 약점이 그의 성공을 가로막을 수 없었음을 금방 알 수 있다.

그가 겸손하고 작은 마음을 가지고 있기 때문에 흔들림 없이 자신의 무대를 정복해 나갈 수 있었다고 본다. "청주대학에 다닐 때 재수해서라도 서울로 가라는 말에 그럴 필요를 못느꼈다. 세계 최고의 무대 '메트'나 '스칼라'에서와 같은 큰 무대에서 노래한다는 것에만 의미가 있는 것이 아니다"고 했다. 그는 농부처럼 욕심내지 않고, 단역을 맡더라도 기쁘게 노래하는 작은 마음이 이어지며 지금까지 왔다고 했다. 바깥의 시선에 흔들리지 않는 이런 단단한 자신만의 가치관이 있었기에 그는 특별한 음악가로 다가온다. 심지어 서울대학교 교수직에도 연연하지 않았다. 그리고 그와 서신을 주고받아 본 사람은 안다. 그가 얼마나 세련되고 정중하게 자기 의견을 피력하는지를…. 정상의 음악가가 거의 조건 없이 후배들을 위한 가르침의 시간을 내기는 정말 쉽지 않다. 더구나 이미 몇 해 전부터 이 작업을 해오고 있는 것에 우리는 그가 얼마나 따뜻한 마음을 가지고 있는지 알아야 한다.

이날 그가 학생들에게 음악적으로 가르침을 준 것은 기본에 충실하라는 것이었다. 앞서 말한 쟌니 라이몬디 선생도 첫 만남에서 중요한 것을 다 가르쳐 주었다. 하지만 우리는 그 소중한 가치를 알아보지 못하고 또 어딘가를 헤메고 다닌 것은 아니었는지…. 이미 방법은 알고 그것을 깊이 들여다봐야 하는데 그 시간을 못 견디고 떠돌아다닌 것은 아니었던가. 바람에 일렁이는 나무를 쳐다볼 것이 아니라 흔들리는 내 마음을 예술가는 경계해야 한다.

공연의 완성

약 10여 년 전 우연히 '가을음악'이라는 제목의 글을 부탁받으면서 오케스트라 공연과 친하게 되었다. 막연한 제목의 글을 쓰기 위해서 음악을 이것저것 찾아 듣다가 교향곡의 세계에 발을 들이게 된 것이다. 아직 듣는 귀는 부족하지만 좋은 오케스트라가 만들어내는 음악을 듣고자 경향 각지로 때로는 해외까지 발품과 많은 지출을 마다하지 않았다.

잊을 수 없는 공연 서너 개가 떠오른다. 한동안 차이콥스키의 음악에 푹 젖게 했던 유리 시모노프 지휘, 모스크바 필하모닉 오케스트라의 차이콥스키 6번 교향곡 〈비창〉이 먼저 생각난다. 워낙에 비싼 공연이어서 음악을 미리 거의 백 번은 듣고 갔다. 주요 선율이 늘 귓가에 떠오를 정도였으니 그날의 공연이 더 감동적으로 다가왔다. 게다가 안드레이 가브릴로프 협연의 〈라흐마니노프 피아노 협주곡 3번〉까지 들을 수

있었으니 러시아 음악을 듣는 데 있어서 더 이상은 없는 공연
이었다.

그다음은 사이먼 래틀이 이끄는 '런던 심포니 오케스트
라'와 크리스티안 짐머만이 함께하는 〈번스타인 2번 교향곡〉
이다. 당시 일본 여행 중 도쿄 산토리 홀에서 감상하였는데
역시 사전에 음악을 많이 듣고 '불안의 시대'라는 키워드로
에드워드 호퍼의 그림 및 번스타인과 그 시대에 대하여 들여
다보았다. 공부한 만큼 진한 여운을 느낄 수 있었다.

이들처럼 최정상급 큰 덩치는 아니지만 도이치 캄머 필의
슈베르트 9번 교향곡 〈그레이트〉도 대단했다. 지휘자 파보 예
르비가 이끄는 50여 명의 악단이 만들어내는 사운드는 정말
그레이트했다. 그날 그들이 들려준 음악만큼이나 공연에 임
하는 파도치는 듯한 단원들의 모습과 자세 역시 대단히 감동
적이었다.

그리고 월드오케스트라페스티벌의 체코 필하모닉 오케스
트라 공연 역시 오랫동안 잊을 수 없는 최고의 공연이었다. 체
코가 자랑하고 사랑하는 안토닌 드보르자크의 레퍼토리로만
꾸려진 공연이니 이 음악을 가장 잘 연주할 수 있는 오케스트
라를 직접 만나 볼 드문 기회였다. 사실 체코 필의 명성이야
새삼 논할 필요가 없다. 드보르자크 음악뿐만 아니라 그들이
다루는 레퍼토리를 작곡자가 그렸던 그림 이상으로 만들어
낼 수 있는 최정상 오케스트라 중 하나인 것은 틀림없다.

지휘자 세묜 비치코프는 교향곡과 더불어 오페라도 많은 명반을 남긴 거장이다. 그가 체코 필 상임지휘자가 된 과정의 이야기도 감동적 휴먼스토리다. 단원들의 절대적 요청에 의해 기꺼이 그들의 대디Daddy가 되었고, 이런 신뢰와 상호존중 속에서 만드는 음악은 궁극의 가치를 우리에게 선물할 수 있는 원동력이 되고 있다. 특히 세상에 눈감고 귀를 닫은 채 자신의 음악에만 매몰되어 있는 예술가가 아니라 문제에 적극 발언하는 행동하는 음악가이기에 평소에 존경의 마음을 가지고 바라보던 마에스트로를 친견할 수 있는 공연이었다.

드보르자크는 기차를 특히 좋아하여 프라하 중앙역에 기차가 몇 대 있는지 알아보고 오라고 주변 사람들에게 종종 말했다는 일화가 있듯이 교향곡 7번도 기차와 관련 있다. 시골에서 사람들을 태우고 오는 기차의 모습에서 주요 선율을 떠올렸다고 전해진다. 음악이 시작되자 곧 드보르자크의 음악임을 알 수 있는 그만의 시그니처 색채가 무대를 가득 채웠다.

그리고 일본의 후지타 마오가 협연한 피아노협주곡은 쉽게 들을 수 있는 곡이 아니다. 또한 해외명문악단의 내한공연은 국내 팬들에게 특히 인기 있는 사람을 협연자로 정하는 게 일종의 문법이다. 그래서 후지타 마오의 협연은 오히려 신선해 보였다. 그는 반짝이는 음악성으로 존재감을 나타냈다.

역시 세묜 비치코프는 거장이었다. 교향곡 7번의 각 악장이 끝날 때마다 동작을 바로 풀지 않고 음악의 여운을 꽤 긴 시간 동안 품고 있다가 다음 악장으로 넘어가며 굉장한 몰입감을 선사했다. 단원들에 대한 감사와 존경의 마음을 표현할 줄 아는 지휘자가 만들어 내는 음악은 뭐라 말할 수 없을 만큼 아름다웠다. 이날 공연을 함께한 관객들은 평생에 잊을 수 없는 최고의 음악을 마음속에 담아갔다고 본다.

다만 이날 공연에 빈자리가 꽤 많았던 것은 이해하기 힘들 만큼 유감스러운 현상이다. 그다음 주 열린 안드리스 넬손스 지휘, 조성진 협연의 라이프치히 게반트하우스 오케스트라는 티켓 오픈 후 불과 수 분만에 매진되었다. 그 외 런던 필, 홍콩 필 공연 역시 매진된 것에 비하여 체코 필 공연이 그렇지 않았다는 것을 어떻게 설명해야 할까?

이처럼 조성진, 임윤찬을 비롯한 소수의 대중적 인기를 가진 협연자에게 의존하는 형태는 결코 바람직하지 못하다. 세묜 비치코프에 체코 필, 거기에 드보르자크 레퍼토리면 무엇이 더 필요한가? 이 정도면 설명이 필요 없는 완벽한 구성이 아닌가? 이런 공연을 완벽하게 만드는 것은 우리의 안목과 호응이다.

우리 음악의 지평을 향해

　근래 눈을 의심케 하는 기사가 있었다. 2024년부터 초·중등학교 교과서에서 국악이라는 용어가 사라질 수도 있다는 내용이었다. 교육부의 '2022 개정 음악과 교육과정' 시안에 의하면, 그동안 교과서에 있던 국악 관련 용어와 내용이 상당 부분 삭제된다. 지난 2000년부터 교과서에서 국악이 제대로 다루어지기 시작하여 학생들을 위한 체계적인 국악교육의 질적 제고를 위해 노력하던 중 돌연 그 방향이 틀어진 것이다. 물론 교육부 담당자의 결이 다른 해명이 있었지만 현재 알려진 대로 교과서 내용이 개편된다면 자라나는 아이들에게 국악의 정체성을 알려주기 어렵게 되는, 매우 이해하기 힘든 일이 벌어지게 되는 것이다.

　언젠가 모 방송국에서 대구시립국악단의 화요국악무대 취재차 문화예술회관을 방문했을 때 짧은 인터뷰를 하게 되었다. 그때 제작진으로부터 받은 질문 중 하나는 "국악은 아직도 많은 사람들에게 낯선 것 같다. 이것에 대하여 어떻게 생각하는가?" 였다. 이에 "상대적으로 낯설다는 점 동의한다. 하지만 문턱을 넘어보면 그 느낌이 많이 달라질 것이다. 접해 보면 국악의 매력을 발견할 수 있을 것이다."라고 답변하였다. 씁쓸한 질문에 뻔한 대답이었다. 우리의 전통음악이 우리에게 상대적으로 낯설다는 이 아이러니한 현실과 최근의 기사와 관련하여 이런저런 생각을 하게 된다.

국립국악원에는 정악단·민속악단·창작국악단·무용단 등 공연단체가 장르별로 세분화 되어 있다. 그러나 나머지 대다수 자치단체 국·공립 국악단은 정악·민속악·창작국악을 함께 아우른다. 대구문화예술회관의 시립국악단 역시 마찬가지다. 그 중심에는 창작국악이 있다. 그리고 서양 오케스트라처럼 국악관현악단에서 주로 대편성 창작국악을 다루다 보니 국악기가 가지고 있는 각각 악기별 고유한 특성을 살리며 조화를 만드는 데 아직은 어색한 면이 보이기도 한다. 서양 오케스트라는 수백 년의 세월을 거치며 악기별 독립적 연주와 더불어, 모든 악기를 망라한 교향악의 음향학적 합을 만들어 지금에 이르고 있다. 그러나 현재 우리 국악관현악단 역사는 아직 일천한 편이다.

몇 년 전 독일 칼스루에에서 있었던 일이다. 당시 대구시 수성구와 칼스루에시와의 교류 협력차 두 명의 국악 연주자와 함께 독일을 방문했다. 당초 준비한 김병호류 가야금 산조가 독일 관객에게 혹 어렵지 않을까 하는 일부의 우려가 있어서 황병기의 침향무와 비교하며 호텔방에서 두 곡을 듣게 되었다. 그러면서 대금 연주자의 곡도 함께 들었는데 지금껏 큰 무대에서 접하던 같은 연주자, 같은 곡이 매우 다르게 다가왔다. 이전에 느끼지 못하던 음색·울림이 다가왔다. 정말 신선한 충격이라 할 만큼 새로운 경험이었으며 국악의 매력을 재발견한 기분이었다. 소위 풍류방 음악이란 말처럼 우리 음악은 기계음향을 배제하고 아담한 공간에서 가까이 들을 때 제멋이 살아난다고 느꼈다.

이러한 가치의 심도 있는 천착과 더불어, 몇몇 선구자들은 우리 음악이 가진 특성을 고려한 국악관현악단의 새로운 해석을 시도하고 있다. 우리 악기가 가진 고유의 소리를 감안한, 보다 설득력 있는 음향학적 접근법을 모색하는 것은 정말 중요한 작업이다. 국악에는 문외한이지만 이러한 노력에 매우 공감하며 적극 지지하는 입장이다.

선진국 즉 문화강국의 음악은 우리가 접하는 서양음악이 그들의 전통음악이다. 반면 서구 중심에서 벗어난 나라는 서양음악의 물결 속에서도 그들의 전통음악을 바탕으로 멋진 음악을 만들어 오고 있다. 그중 일부를 우리는 월드뮤직이라고 부른다. 그리고 우리와 역사적으로 닮은 헝가리의 경우, 세계적 작곡가 바르톡과 코다이가 한 수십 년의 민요채집을 바탕으로 그들만의 음악을 확립했다. 우리는 이와 같은 작업을 체계적이고 깊이 있게 해왔는가 반문했을 때 아직 자신 있게 답할 수는 없다.

최근 국악을 바탕으로 한 몇몇 젊은 아티스트들이 전 세계적으로 인기를 끌고 있다. 그리고 덩달아 우리의 전통음악과 문화에 대한 관심도 높아지고 있다. 전통은 전통답게 다듬어가는 노력과 더불어 동시대성을 담은 국악의 확장성에 대한 연구와 투자가 지속적으로 이루어져야 할 것이다. 세계가 공감하는 우리의 음악을 만드는 일은 결국 우리의 음악적 정체성을 찾는 일이다. 바깥에서는 박수를 치고 난린데 정작 안에서는 잘 못 알아보고 시큰둥한 것이 아닌가 하는 생각이 든다.

나의 숲을 찾아서

만약 미국의 철학자이자 작가인 헨리 데이비드 소로가 2년 여의 숲속 생활을 하지 않고, 하버드 출신답게 경제적·사회적으로 안정되고 출세 지향적인 삶을 살았다면 오늘날 그는 우리에게 어떤 인물로 남았을까? 아마 지금처럼 많은 사람에게 사랑받고 또 좋은 영향력을 끼치지 못했을 가능성이 높다. 그는 살아생전에도 자신의 철학인 자연을 사랑하고 초월주의자의 삶을 실천하는 것으로 유명했다지만, 오히려 세상을 떠난 후 근래에 와서 더 큰 주목을 받고 있다. 그의 체험을 기록한 책『월든; 숲속의 생활』은 오늘날 많은 사람들의 마음에 평화를 선물하고 있다.

익히 알려진 것처럼 헨리 소로는 명문대 출신임에도 불구하고 주로 측량일, 목수 등 몸을 움직이는 일로 생계를 꾸려갔다. 그리고 여러 잡지, 신문에 글도 기고하며 지내다 나이

스물여덟 되던 해 고향 메사추세츠주 콩코드 인근의 월든 호숫가 외딴 숲속에 네 평 남짓한 오두막을 직접 짓고 두 해가 넘는 시간 동안 홀로 생활한다. 그가 미래가 창창한 청춘 시절에 스스로 자발적 빈곤과 고립된 시간을 가진 것은 인간의 삶을 공정하고 현명한 눈으로 관찰하기 위해서, 그리고 그저 방해받지 않는 곳에서 개인적인 일을 하자는 생각에서였다.

그는 19세기 중반의 미국 사회를 '참으로 많은 사람이 절망의 인생을 묵묵히 살아간다'고 표현했다. 조금 더 넓은 집에서 많은 살림살이를 갖추고 기름진 음식을 배불리 먹기 위해 삶을 돌아볼 새도 없이 일만 하는 사람을 불쌍히 여겼다. 그리고 재산을 쌓아 놓고도 그것을 어떻게 써야 할지 몰라 쩔쩔매는 사람들에게 결국 황금은 족쇄일 따름이었다. 작가는 이런 것에서 벗어나 자연과 함께하며 노동과 휴식 그리고 명상과 독서를 가까이하는 시간을 보냈다. 그리고 그의 표현처럼 이 시절의 이야기를 '자기의 삶에 관해서도 소박하고 진실한 글'로 남겼다.

소로는 숲속 조그만 오두막집에서 최소한의 의식주로 지냈지만 그곳의 자연과 온갖 생물들을 깊이 응시하며 영혼의 교감을 하는 가운데 오히려 그 누구보다도 풍요로운 자족의 시간을 보낼 수 있었다. 『월든』이라는 책은 이런 미시적인 것들에 대한 섬세하고 담백한 기록이라고 할 수 있다. 그가 몸소 실천하고 또한 우리에게 가르쳐 준 덕분에 우리는 자신의 삶을 한 번쯤 돌아보게 된다. 팬데믹 등 세상에 어수선한 일이 많아질수록 그의 책은 더 많은 사람들을 위로한다.

헨리 소로우가 그랬던 것과 일맥상통한 길을 걸어간 이가 있다. 2013년 거장 유리 시모노프가 이끄는 모스코바 필하모닉 오케스트라와 함께, 우리에게는 정명훈이 2위를 한 1974년 차이콥스키 콩쿠르의 우승자로 유명한 피아니스트 안드레이 가브릴로프가 내한했다. 당시 마침 비자문제로 일시 귀국한 딸과 함께 공연을 보러 갔다. 라흐마니노프 피아노 협주곡 3번에 차이콥스키 〈비창〉이었으니 러시아 아티스트들에 의한 최상의 공연이었다.

이런 음악적 감동 외에도 눈길을 끄는 대목이 있었다. 다름 아닌 가브릴로프의 삶이었다. 그는 소련 체제 비판에 따른 5년간의 가택연금기간 동안, 절망하지 않고 엄청난 공부를 하며 그 시간을 이겨내었다. 그 후 복귀하여 최정상의 무대에서 연주를 이어가던 중 이번에는 스스로 무려 8년간이나 무대를 떠났다 한다. 다름 아닌 종교, 철학 등 인문학 공부를 위해서였다.

대구 수성아트피아에서 일할 때 쇼팽콩쿠르 우승자 라파우 블레하츠와 대구 출신의 정상의 바이올리니스트 김봄소리의 듀오콘서트를 유치한 적이 있었다. 블레하츠는 쇼팽콩쿠르 우승 후 10년 이상 최고의 무대에서 활약하다 그 역시 어느 날 스스로 1년 간 연주 생활을 접었다. 다름 아닌 철학박사 공부를 마무리하기 위함이었다. 직접 만나본 그는 정말 겸손하고 조용했으며, 수줍은 미소의 전형적인 외유내강형 젊은이였다. 김봄소리와 블레하츠와의 아름다운 우정 이야기는 한 편의 동화 같다. 이는 블레하츠의 따뜻하고 겸손한 마음이 있었기에 이루어졌으며, 그것이 이어져 최근까지 두 사람이 함께하는 음악은 계속되고 있다.

이들 세 사람이 보여준 행보는 참으로 울림이 크다. 숲으로 들어가지 않았어도, 그렇게 긴 시간 동안 무대를 떠나 인문학 공부를 하지 않았어도 그리고 철학박사 학위가 없더라도 누가 감히 그들에게 뭐라 하겠는가! 스스로를 속이지 않기 위한, 더 나은 인간이 되기 위한, 그리하여 자족할 수 있는 삶을 찾기 위한 그들의 결단 앞에 우리는 고개를 숙일 수밖에 없다. 사람이라면 어떻게 살아야 부끄럽지 않은지 몸소 실천한 그들은 진정 우리가 우러러봐야 할 사람들이다. 나를 더 성숙시켜 줄 숲은 어디에 있는가?

인기 유감

최근 국악이 인기라 한다. 기대 이상 대중의 열광에 주요 뉴스에서 하나의 현상으로까지 종종 다룬다. 인기의 바로미터라고 할 수 있는 광고시장의 중심에도 자리하고 있다. 국악의 대중화를 위한 젊은 국악인들의 노력은 오래전부터 계속되었다. 단순한 대중화라기보다는 국악의 재해석, 표현의 극대화라고 볼 수도 있다. 역사의 흐름에 따라 부침을 하던 국악이 다시금 존재감을 드러낼 수 있게 된 것은 이런 젊은이들의 끼와 노력에 힘입은 바가 크다.

화룡점정이랄까, 그것에 큰 불을 지핀 것은 방탄소년단의 〈대취타〉라고 보아도 무방할 것 같다. 태평소를 시작으로 "대취타 하랍신다. 예이~~~"라고 시작되는 이 뮤직비디오가 큰 화제를 몰고 왔었다. 외국인 팬들도 뭔지는 잘 모르지만 "대취타 대취타 자 울려라 대취타"라고 따라 부른다. BTS의 스타성에 한국의 문화를 버무려 독특한 컬러의 작품을 만들어 냈다. 사실 BTS의 이 뮤직비디오는 그 어디에도 대취타의 사운드와 당당하고 화려한 모습을 담고 있지 않다. 단지 대취타라는 말 한마디에 외국의 팬뿐 아니라 어쩌면 이를 까맣게 잊고 있었던 우리에게도 그 존재를 알릴 수 있게 된 것이 아닌가 한다. 이처럼 우리의 국악적 소재가 주류의 세계와 접목하여 긍정적 시너지를 창출하게 된 것은 좋은 일이다. 하지만 최근 대중의 인기를 끌고 있는 일부 국악 아티스트의 대단한 음악성과는 별개로 그들의 퍼포먼스에는 아쉬움이 들기도 한다.

국악을 바탕으로 하는 아티스트들과 그들의 음악이 사람들에게 회자되고 관심을 받는다는 것은 기쁜 일이다. 그러나 그것이 희화화의 결과는 아닐까. 작금에 인기몰이를 하는 국악 아티스트 모두가 그런 것은 당연히 아니지만 일부 B급 정서를 앞세운 모습에 감정이입이 되지 않는다. 최근 국악의 인기에 대하여 "국악 본래의 신명과 흥이 요즘 젊은이들의 답답한 현실에 해방감과 스스로 즐길 수 있는 새로운 문화를 형성한 결과"라고 평하기도 한다. 또는 "고정관념과 형식을 벗어던진 국악콘서트는 관객에게 국악의 신선한 소통과 울림을 준다."라고들 한다. 다 맞는 말이다. 하지만 국악 고유의 품격을 잘 표현하기보다는 국적불명의 복장과 묘한 몸짓으로 승부를 보는 게 아닌가 하는 아쉬움이 든다. 여장 남자, 특이한

가발 그리고 지나치게 과장된 동작에 적응이 쉽게 되지 않는다.

　반면 소리꾼 이자람과 같이 자신의 소리 바탕에 서양 고전을 버무려 새로운 판소리, 음악극을 만드는 천재들도 있다. 품격과 재미, 감동을 두루 갖추었다. 미리 예매하지 않으면 티켓을 구하기 힘들 정도로 인기다. 십여 년 전 나는 그의 작품 〈사천가〉를 감상하며 공연 내내 벅찬 감동에 흐르는 눈물을 감출 수가 없었다. 다만 매니아 층에서의 인기다. 상대적으로 대중적 확산에는 한계가 있다. 이런 현상은 동서고금을 막론하고 공통된 현상이다. 현실은 인정하고 받아들이지만 일부 B급 정서를 앞세운 팀들의 치솟는 대중적 인기는 시간이 지나면 오히려 제대로 대접받지 못하는 결과를 낳는 원인이 되지 않을까 하는 걱정을 할 수밖에 없다.

　일전에 차茶를 주제로 읊어 내려가는 시조 한 자락과 가야금 선율이 함께하는 영상을 본 적이 있다. 참으로 정갈하고, 담담하지만 올곧은 우리의 서릿발 같은 서정을 담아내어 잔잔한 감동을 받았다. 다만 이와 같은 것만이 존재해야 한다는 것은 결코 아니다. 우리 국악의 확장성을 생각할 때 최근 인기 있는 팀들의 음악에는 대체로 동의한다. 전통에 천착하는 국악인이 소중하고 아름답지만 퓨전 국악이라는 이름으로 영역을 개척해 나가는 것에도 박수를 보낸다.

　국악을 베이스로 새로운 장르를 개척하고 있는 이들은 참으로 대단하다. 하지만 최근 가장 인기를 끌고 있는 일부 팀들의 외모와 의상, 퍼포먼스에 있어서는 쉽게 동의하기 어렵다. 그들의 뛰어난 음악적 수준만큼이나 보여지는 것의 품격에 대하여 더 깊은 고민이 따라야 하지 않을까. 비록 지금은 인기를 끌고 있지만 미래를 생각할 때 어떠한 포지션을 지켜나가야 할지에 대하여 더 큰 책임감과 한층 성숙한 아이디어가 나와야 한다.

현재 국악의 대중화, 인기몰이에 앞서 있는 몇몇 젊은 아티스트들이 우아함, 고상함의 대척점에 서 있어서는 곤란하지 않을까. 물론 이런 것이 항상 옳다는 것은 아니지만 우리 문화가 가지고 있는 기본 정서가 그러하지 않은가 하는 생각에서 드는 기우이다.

동짓달 긴긴 밤에

우리 역사를 여신 분의 어머니께서는 쑥 한 심지와 마늘 스무 개를 먹고 삼칠일 동안 몸을 삼가 인간으로 탄생하셨다. 황진이는 "동짓달 긴긴 밤을 한 허리를 버혀 내어"라고 노래했다. 기나긴 밤, 님만 그리워할 것이 아니다. 나도 삼칠일 몸을 삼가 사람이 되신 그분처럼 자신을 위해 뭔가 견뎌보는 시간을 가져보고 싶다.

영화 〈보헤미안 랩소디〉에서 머큐리가 노래 〈보헤미안 랩소디〉에 대한 구상을 밝히자 너무 길다, 성공하기 어렵다는 것이 제작자의 반응이었다. 이것이 당시의 문법이었고 지금도 마찬가지다. 예술을 감상함에 있어 진득하게 대하지 않는다. 우선 귀에 쏙 들어오고 눈에 확 띄어야 한다. 그렇지 않은 음악엔 왠지 눈길이 잘 가지 않는다. 입으로 잘 넘어가는 맛난 음식만 먹을 게 아니다. 밍밍한 것 같지만 씹을수록 깊은 맛이 나는 음식도 많다. 음악도 마찬가지, 말랑말랑하고 달달한 음악만 맛있는 것이 아니다.

대하는 자세도 그렇다. 일할 때 음악을 틀어놓고 듣는 것도 좋다. 하지만 음악은 음악만 집중해서 듣는 것이 좋다. 그럴 때 들리지 않던 것이 들리고, 보지 못하던 것을 볼 수 있게 된다. 긴 호흡으로 전곡 연주를 들어보자. 이는 우리에게 묵직한 감동을 준다. 또한 연주자에게는 음악적 기초체력을 길러준다. 전곡 연주에 있어서는 연주자가 넘기 힘든 부분이 반드시 나타나게 된다. 쉽게 정복할 수 없다. 이를 넘어서기 위해서는 작품에 대한 깊은 통찰과 더불어 특별한 노력이 필요하다. 이런 고통을 통하여 연주자는 성장하고 관객은 그것을 나누어 가지게 된다.

몇 년 전 북경 국가대극원에서 바이올리니스트 정경화의 연주회가 열렸다. 손가락 부상에서 돌아온 그가 선택한 것은 〈바흐 무반주 바이올린 소나타와 파르티타〉 전곡 연주였다. 이전에 목격한 중국 관객들의 음악회 감상 태도는 결코 모범적이 아니었다. 공연 중 스마트폰을 만지는 관객이 너무 많았다. 그래서 이를 일일이 직접 안내할 수가 없어 각 층마다 레이저 빔으로 제지하는 공연 안내원이 두어 명씩 배치되어 있을 정도였다. 그런데 연주 시간만 두 시간이 넘는 이날 정경화 음악회에서는 다른 때와 달리 관객들이 정말 집중해서 음악을 감상하였다. 모든 연주가 끝나자 돌아온 여제에게 바치는 뜨거운 환호와 함께….

과거 백건우 초청 독주회를 개최한 적이 있다. 그는 좋은 위치와 소리를 찾기 위한 몇 시간의 리허설 동안, 피아노 위치 조정 외에 다른 아무런 요구 없이 묵묵히 피아노만 쳤다. 함께 식사하는 동안에도 낮고 조용히 그리고 따뜻한 목소리로 몇 마디 말만 했다. 그는 음악으로 모든 것을 표현하기에 많은 말이 필요 없는 사람 같았다. 이처럼 진중하고, 고요히 내면을 바라보는 '건반 위의 구도자' 백건우는 한 작곡가의 작품을 집중 탐구하여 연주하는 것으로 유명하다.

백건우는 2017년 '끝없는 여정'이란 타이틀로 십 년 만에 다시 베토벤 피아노 소나타 전곡 연주를 열었다. 그는 "베토벤은 아무리 거듭해도 늘 새로운, 끝없는 여정과 같다."고 했다. 이때 그의 나이 일흔한 살. 이 작품은 우리가 익히 아는 〈월광〉, 〈열정〉 그리고 〈비창〉을 비롯한 32개의 소나타로 이루어져 있다. 하나의 소나타는 대부분 3악장으로 구성되어 있다. 그러니까 백 개 가까운 곡으로 이루어진 이 작품을 전국투어를 제외하고도 서울에서만 칠 일간 여덟 번에 걸쳐 연주했다.

대가의 이러한 모습을 흉내라도 내보고 싶다. 동짓달 긴긴밤 진득하게 베토벤의 작품을 듣고 싶다. 지금부터 하루에 소나타 한 개씩 1번부터 32번까지 매일 듣고 싶다. 한 번만 들어도 겨울은 다 지나가겠지. 세 번쯤 들으면 봄은 제법 무르익었을 것이다. 이러노라면 "베토벤은 숭고의 의미를 끝까지 붙들었던 사람"이라는 말을 조금이라도 이해할 수 있을까? 베토벤의 피아노 소리에 귀 기울이면 "베토벤이야말로 인간의 모든 문제와 다양한 감정의 폭을 음악으로 표현한 인물"이라는 말에 고개를 끄덕일 수 있을까?

무라카미 하루키는 "산을 내려옴과 동시에 나의 귀는 그때까지 줄곧 감지해 오던, 뭔가 남몰래 간직해 왔던 은은한 메아리 같은 걸 상실해 버린 듯했다."고 말했다. 그날, 그곳, 그 순간에만 느낄 수 있는 무엇에 대한 이야기다. 다만 오감을 열어야 가능할 것이다. 베토벤의 음악에서 이런 특별함을 감지해 내고 싶다. 마음을 열고 고요히 듣노라면 다 이해하지 못하고, 다 느끼지 못하더라도 그 빛을 희미하게나마 볼 수 있지 않을까 하는 희망 속에 긴 밤을 보낸다.

값을 봐라!

병석에 누워서 힘든 하루하루를 지내셨던 우리 어머니, 평생을 근검절약하면서 사셨지만 당신께서 그 가치를 잘 모르는 것을 살 때면 이왕이면 값이 좀 더 나가는 것을 택하곤 하셨다. 그러면서 "야야, 물건을 모르면 값을 봐라."고 하셨다.

우리는 시장경제에서 생산자가 값을 매겨놓은 대로 인정한다. 이런 태도는 소비생활뿐만 아니라 사람을 볼 때도 소위 말하는 스펙이나 외형적 모습에 따라 그 사람을 판단하게 된다.

러시아 차이콥스키 국제 콩쿠르에서 한국인이 주최국 러시아를 제치고 주요 부문에 가장 많은 다섯 명이나 입상할 만큼 한국인의 음악적 기량은 대단했다. 특히 성악을 예로 들면 베이스 강병운을 비롯하여 소프라노 조수미, 홍혜경, 신영옥 등 이미 알려진 소프라노 트로이카 외에 차세대 수많은 성악가들이 세계무대를 누비고 있다. 최근 혜성과 같이 나타난 한국인 성악가 중 이용훈이란 테너가 있다. 평소 인터넷을 통해 떠오르는 젊은 한국인 성악가를 즐겨 살피던 중 그의 노래를 들을 기회가 있었다. 그땐 그리 대단하다는 인상은 받지 못하였다. 그 후 이용훈이 뉴욕 메트로폴리탄 오페라 극장에서 성공적 연주를 하였고 이탈리아 밀라노 라 스칼라 극장 데뷔를 앞두고 있다는 소식을 접하였다.

메트로폴리탄과 라 스칼라 극장이 어떤 곳인가? 전 세계 음악인이 꿈꾸는 최고 권위의 양대 오페라 극장이 아닌가? 특별한 인상을 받지 못했던 이용훈이란 테너가 최고 권위의 극장에 섰다는 사실만으로 갑자기 사람이 달라 보이는 것이었다. 다시 그의 노래를 들어보니 같은 사람이 부르는데도 예전과 달리 큰 감동으로 다가왔다. '나의 안목이 이것밖에 되지 않는가' 하고 실소를 금할 수 없었다.

많은 사람이 지역문화예술계에도 스타를 만들어야 한다고 말한다. 지극히 당연하고 꼭 필요한 일이다. 하지만 우리가 명성과 이력에 눈이 가려 정말 보석과 같은 사람들을 발견하지 못하고 자꾸만 다른 쪽을 살핀 것은 아닌지. 조금만 다듬으면 크게 빛날 원석을 그냥 평범한 자갈밭의 돌덩이로 보진 않았는지.

지금은 작고하신 모 성악가는 일본 유학시절 관계자의 눈에 띄기 위하여 오페라 연습 중 일부러 틀리는 등 돌출행동을 했다는 이야기가 있다. 자신의 존재를 나타내기 위해서는 자신의 노력이 가장 중요한 것이다. 하지만 지역 문화예술계에서는 다시 한번 마음을 열고 자신과 주위를 둘러보면 좋겠다.

대구는 공연장과 시스템 인프라는 많이 갖추어진 것 같다. 결국은 사람인데, 많은 예술인들이 희망과 꿈을 가지게끔 예술행정가뿐만 아니라 우리 모두가 매겨진 값을 꿰뚫어 보는 혜안을 가져야 하지 않을까, 스스로 반성하며 또 소망해 본다.

2

리스트를 아시나요

짭질받다

꽃들은 오래 머무르지 않는다. 봄날에 피는 꽃은 대부분 연약하다. 바람만 불어도, 때로는 내리는 비에도 속절없이 져버린다. 특히나 벚꽃은 더 그렇다. 아름답지만 잠시 왔다 금방 가버리기에 애달프다. 어쩌면 그런 마음으로 바라보니 더 아름다운지도 모르겠다. 해마다 벚꽃이 필 무렵이면 비바람이 심술을 부린다. 그래서 화사한 그 기운을 즐기지도 못하고 봄날을 보내는 경우가 많다.

꽃을 바라볼 마음도 내지 못하는 지금같이 엄혹한(?) 시절에, 오히려 봄꽃들은 보란 듯 오래 펴있다. 그렇지만 지금은 그저 멀리서, 스치듯 바라볼 뿐이다. 여러 해 전 이른 봄날에 세상을 떠난 어머니도 꽃을 좋아하셨다. 거동이 불편해져 당신 스스로 다니기 힘들 때, 꽃을 보러 휠체어로 가까운 곳으로 모셔가곤 했다. 아름답게 만개한 꽃을 바라보는 어머니의 표정은 반대로 쓸쓸하기 이를 데가 없었다. 그 마음을 왜 모르겠는가. 그래서 이런 봄날에는 어머님에 대한 그리움으로 마음이 더 애달프다.

어머니가 나에게 남긴 유산(재물이 아니다)은 결코 적지 않다. 당신께서 남긴 촌철살인의 말은 이제 내가 잘 써먹는다. 배움이 많지는 않았지만 살면서 깨달은 생활의 지혜와 관련된 어머니의 말들은 무릎을 탁 칠 만큼 명쾌하고 유쾌하다. 그리고 경이롭다고 할 만큼의 근검절약으로 어려운 시절을 지내온 당신의 자세는 언제나 자극이 된다. 당신은 가고 없지만 그 말과 정신은 마음속에 살아있다. 그래서 그나마 위안이 된다. 어머니의 흔적이 내게 조금은 남아 있는 것 같아서. 하지만 어머니의 손맛, 그것을 하나라도 제대로 배우지 못한 것은 못내 안타깝다.

어머니의 손맛은 한마디로 '짭질받다'라고 표현할 수 있다. 짭질받다는 짭짤하다는 경상도 사투리다. 이 단어는 야무지다, 그리고 거기에 맛이 꽉 들어찼다는 뜻도 포함되어 있는 것으로 받아들인다. 어머니의 된장찌개, 소고깃국은 이것에 딱 들어맞는 맛이다. 이제 이런 맛은 어디서도 찾을 수가 없다. 내 입맛이 변한 탓일 수도 있겠지만 찾을 수 없는 그 맛은 그리움이다. 지금은 다들 건강을 위해 저염식을 선호한다. 물론 일각에서는 싱겁게 먹는 것이 오히려 건강에 해롭다고 하지만, 대부분의 가정은 싱겁게 먹는 추세이고 나 역시 내가 직접 만드는 음식은 심심하니 간을 한다. 그래서 가끔씩 어머니 손맛이 못내 그립다.

　나는 강원도 전방에서 군대 생활을 했다. 집안의 막내가 멀리 강원도까지 가서 군 생활 하는 것이 마음 아팠던지 대구에서 그 먼 곳까지 수시로(깜짝 놀랄 만큼 자주) 면회를 오곤 하셨다. 냉이가 제철인 봄날에는, 집에서 냉이랑 불고깃거리를 잔뜩 해서 이고 들고 오셨다. 어머니가 오시면 함께 군 생활 하는 동기들까지 서너 명 같이 나가 냉이가 듬뿍 든 불고기를 함께 배불리 먹곤 했다. 짭조름한 양념이 일품인 그 불고기 탓인지 어머니 면회 오신 날이면 동기들은 서로 따라 나가고 싶어 했다.(딱히 불고기 때문만은 아니었겠지만.)

　어머니 손맛의 비밀은 간장, 된장이었다. 장을 담글 때면 나도 손을 많이 거든 기억이 난다. 가장 좋은 메주콩을 사오면 그때부터 일은 시작된다. 깨끗한 물에 콩을 잘 일구어 씻어내고 큰 솥에 안쳐 삶는다. 잘 삶아낸 메주콩을 깨끗한 천으로 감싼 뒤 발로 매매(꼭꼭) 밟아 모양을 만든 뒤 새끼줄로 묶어 설경(시렁)에 매달아 놓으면 일차 작업이 끝난다. 잘 말린 이 메주는 시간이 지남에 따라 맛있는 간장, 된장이 된다. 발로 밟아 모양을 만들고, 메주를 매달 때 그리고 간장을 달일 때는 나도 한몫을 했다. 아무튼 이렇게 담아놓은 간장, 된장은 맛이 좋아 이웃에서 많이들 얻으러 오곤 했다.

　마당 담벼락에 가지런히 정리되어 있는 큰 단지 가득가득 담긴 간장, 된장은 마음의 풍요이며 우리의 큰 양식이었다. 머리가 좀 굵어서까지 이 일을 돕던 나는 간장, 된장 담는 방법을 제대로 배워두고 싶었다. 차일피일 미루다가 결국 자리에 눕고 만 어머니는 더 이상 그런 일을 할 수 없게 되었고 나는 그 유산을 물려받지 못했다. 물론 인터넷에 장 담그는 법에 대한 정보는 넘치지만 언제나 맛있게 익어가던 어머니 장맛 비결은 이제 알 수가 없다. 이런 단절이 어머니의 삶을 가치 없게 만드는 것 같아 안타깝기 그지없다.

언제나처럼 어머니에 대한 회한과 미안함 속에 또 그렇게 봄날은 간다.

춤추는 조르바

소설 『그리스인 조르바』는 작가 니코스 카잔차키스가 젊은 날 만났던, 실제 인물 조르바와 함께 지낸 시절의 자전적 이야기다. 소설 속의 나(카잔차키스)는 붓다를 공부하고 글을 쓰며, 매일 매일 일어나는 욕망과의 싸움에서 이기고자 노력한다. 반면 항구에서 우연히 만난 조르바는 정반대다. 둘이서 의기투합하여 함께 일하게 된 크레타 섬에서의 조르바는 거침없다. 카잔차키스에게 비친 그는 이렇다. "그는 살아있는 가슴과 커다랗고 푸짐한 언어를 쏟아내는 입과 위대한 야성의 영혼을 가진 사나이, 아직 모태인 대지에서 탯줄이 떨어지지 않은 사나이였다." 카잔차키스는 자기 인생에 영향을 끼친 사람으로 호메로스, 베르그송, 니체 그리고 조르바를 꼽았다. 학교 문턱에도 제대로 못 가본 조르바를 말이다. 그에게서 '자유'의 가치를 배웠다. 그 유명한 카잔차키스의 묘비 글,

"나는 아무것도 바라지 않는다. 나는 아무것도 두려워하지 않는다. 나는 자유다."

조르바는 글을 통한 지식은 없다. 오히려 주인(카잔차키스)더러 책을 그만 놓으라며, 자유를 얻으려면 당신에겐 무식이 필요하다고 소리친다. 그는 만고풍상을 겪으며 쌓은 지혜와 세상사를 간단명료하게 정리할 줄 아는 결단력으로 언제나 의기양양하다. 그리고 심지어 이별의 순간에도 어정쩡한 것은 참지 못한다. "지금 당장, 그냥 이렇게, 진짜 사나이라면 이렇게 딱 끊어 버리는 거요!" 이런 조르바를 두고 카잔차키스는 이렇게 표현했다. "그는 피가 뜨겁고 뼈가 단단한 사나이, 슬플 때는 진짜 눈물이 뺨을 흐른다. 기쁠 때면 형이상학의 채로 거르느라고 그 기쁨을 잡치는 법이 없었다."

조르바에게 있어서 춤은 언어이자 생각을 표현하는 도구다. 그가 러시아에서 만난 친구와의 대화는 자꾸 끊긴다. 단어 몇 개로 대화를 시작하다 곧 "그만"이라고 외치곤 서로 춤을 춘다. 춤으로 자신의 생각, 살아온 이력 등을 표현하면 둘 다 완벽히 이해한다. "그 러시아 친구가 머리부터 발끝까지 내 온몸의 말에 얼마나 귀를 기울이고 얼마나 잘 알아들었는지! 맹한 친구였지만 내가 표현한 건 모조리 알아들었지요. 내 발, 내 손이 말을 했고, 내 머리카락, 내 옷도 말을 했지요."

무용의 본질을 이보다 더 적절히 표현할 수 있겠는가? 작가는 이 이야기에 지금껏 배운 것을 깡그리 지우고 조르바라는 학교에 들어가 저 위대한, 저 진정한 알파벳을 배우고 싶어 한다.

카잔차키스는 스스로 자유롭다고 말했으나 조르바로부터 부정 당한다. "아니요, 당신은 자유롭지 않아요. 당신이 묶인 줄이 다른 사람들의 것보다 조금 더 길 뿐이오. 그것뿐이오." 그리고 결국 고백한다. "나는 내 내부의 신성한 야만의 목소리를 따르지 않았다. 나는 조리에 닿지 않는 고상한 행위를 포기한 것이었다. 나는 정중하고 차가운 논리에 귀를 기울인 것이었다."

내가 결코 이런 '정중하고 차가운 논리'라도 가지고 있다고 하는 것은 아니지만 예술에 대하여 스스로 마음의 벽을 만들어 내는 것이 어디 한두 번이었을까. 카잔차키스의 말, "예술이란 사실은 마법의 주문이다. 우리 내장에는 어두운 살상의 힘이, 죽이고 파괴하고 증오하고 능멸하려는 걷잡을 수 없는 충동이 도사리고 있다. 그때 예술이 부드럽게 피리를 불며 나타나 우리를 이끌고 간다."

네제-세갱과 조르당

지금 미국과 유럽 양 대륙을 호령하는 젊은 두 지휘자가 있다. 캐나다 출신의 야니크 네제-세갱Yannic Nezet-Seguin(75년생)과 스위스 출신의 필리프 조르당Philippe Jordan(76년생). 일전에 미국과 유럽을 주 무대로 삼아 활동하는 젊은 거장의 음악을 감상할 기회가 있었다. 그것도 메인 레퍼토리가 같은 것이어서 개성이 서로 다른 두 사람의 음악세계를 엿볼 수가 있었다. 두 번의 연주회를 통해서 미국과 유럽의 음악 해석 차이를 조금은 느낄 수가 있었다.

이날의 주된 연주곡은 베토벤의 5번 교향곡 〈운명〉이었다. LP음반 시대 거장들의 해석은 악보를 한 음 한 음 지속시키는 듯 여유로운 해석이 주류를 이룬다. 따라서 그 시대의 베토벤 〈운명〉은 연주 시간이 38분 정도 걸리는 것이 대부분이다. 그런데 네제-세갱의 연주는 32분에 불과했다. 반면 조르당의 해석은 네제-세겡의 해석보다 한결 여유롭다. 이를 두고 미국과 전통적인 해석을 중요시하는 유럽의 차이라고 한다면 너무 성급한 판단일까?

네제-세겡은 미국의 필라델피아 오케스트라(PO)를 지휘했다. 통상 특정 오케스트라마다 자동으로 연상되는 이미지가 있는데 오먼디, 무티, 그리고 자발리시로 이어지는 빛나는 거장들에 의해 형성된 필라델피아 오케스트라의 이미지는 그 실체를 특정하기 어려운 '찬란한 필라델피아 사운드'로 각인되었다. 세겡에 의하면 그것은 "끊임없이 지속되며 부드럽게 이어지는 현악기, 목관 악기들이 적절한 때에 돋보이는 것, 또 금관악기들과 나머지 악기가 긴밀하게 연결되고 조화롭게 어우러지는 앙상블"이다.

세겡은 고전주의 작품을 다루어도 그 시대의 악기 주법을 의식하고 균형감을 중시하는 최근의 경향을 탈피해, 완급의 폭을 확대하고 과감한 드라이브로 끊임없이 질주한다는 평을 받는다. 과연 그랬다. 나로서는 정신 차릴 수 없을 만큼 몰아치는가 하면 서정적인 부분에서는 한없이 아름다운 선율을 풀어 놓기도 했다. 운동광이기도 한 그는 엄청난 에너지를 바탕으로 치밀하게 모든 디테일을 계획하고 분석하여 열정적으로 몰아치다가도 때로는 한없이 부드럽게 음악을 어루만졌다. 완전히 새롭고 반짝반짝한 〈운명〉을 느낄 수 있었다.

이날 PO와 멘델스존 바이올린 협주곡을 협연하던 데이비드 김은 3악장에서 바이올린 줄이 끊어져 순간 멈칫했으나 '렛츠 고'라는 세갱의 말에 즉시 악장과 바이올린을 바꿔 무사히 연주를 마쳤다. 자칫 연주가 중단될 수도 있었으나 세갱의 추진력에 의해서 데이비드 김은 자신의 연주에 비해 훨씬 큰 엄청난 환호를 받을 수 있었다.

인간적으로도 훌륭한 세갱은 2000년 그의 고향 몬트리올 오케스트라 메트로폴리탄(OM)에서 지휘를 시작해 승승장구하며 2012년부터 시작한 PO의 음악 감독직을 2026년까지 약속 받았다. 모든 악단이 탐내는 그를 미리 잡아두고자 뉴욕의 메트로폴리탄 오페라(메트)는 2016년 차기 음악감독으로 세갱을 일찌감치 지명했다. 메트에서의 그의 임기는 2021년부터 시작하기로 했다. 이때부터 메트에서 일하기로 한 과정이 감동적이다. 2015년 무렵 OM은 이미 너무 커버린 세갱을 놓아주고자 했으나 자신을 키워준 단체를 떠날 수 없다며 스스로 OM과 새로운 계약서에 사인하여 2021년 시즌까지 일하기로 했다. 이에 메트에서는 그의 뜻을 존중하여 그때까지 기다리기로 한 것이다.

조르당은 빈이 자랑하는 빈 심포니를 지휘했다. 이날 그는 서곡, 협주곡 그리고 교향곡을 연주하는 일반적인 연주회와 달리 베토벤 〈운명〉과 브람스 교향곡 1번을 선택하여 교향악의 성찬으로 자리를 가득 메운 관객들을 행복하게 하였다. 세갱의 해석과 달리 전통적인 해석에 바탕하여 그만의 개성을 뽐내었다. 전체적으로 묵직하면서도 때로는 솜털처럼 가벼운 사운드를 만들어 내었다. 나는 이날 두 번의 〈운명〉을 들은 듯했다. 브람스 1번 도입부의 팀파니 소리 역시 운명의 문을 두드리는 것 같았다. 큰 강물이 유장하게 흘러가는 듯한 브람스 교향곡도 감동적 연주였지만 우리의 귀에 훨씬 익숙한 사운드로 연주한 베토벤의 〈운명〉은 솟구치는 감격을 억누르기 힘들만큼의 좋은 연주였다.

파리 국립 오페라단의 음악감독이자 빈 심포니의 수석 지휘자였던 조르당은 스위스의 명지휘자였던 아버지 아르맹 조르당의 그늘에서 벗어나고자 몸부림쳤다. 지휘계의 귀공자로 불리는 그는 각고의 노력 끝에 그만의 음악세계를 구축하고 있다. 분명 다른 음악 색채를 가지고 있는 네제-세갱과 조르당으로 인해 우리는 풍부한 음악을 즐길 수 있다. '빛나는' 이란 말로 표현할 수 있는 그들의 음악은 너무나 세련되었지만 그래도 나는 카를로 마리아 줄리니가 눈을 지긋이 감고 지휘하는 그의 브람스 4번이 늘 그립다.

귀 명창名唱 무라카미 하루키

무라카미 하루키는 엄청난 선인세를 받고 글을 쓰는 세계적 베스트셀러 작가다. 소설뿐만 아니라 의뢰 받은 서평, 자신이 추진하는 기획물 등 다양한 글을 왕성히 쓰고 있다. 일흔의 그가 긴 시간 동안 좋은 글을 꾸준히 써오고 있는 원동력은 운동과 음악이다. 장거리 러너runner인 그는 매년 마라톤 풀코스를 달리고 트라이애슬론 대회에도 참가하고 있다. 평소에도 매일 한 시간씩 달리기를 하는 이유는 오로지 글을 쓸 수 있는 체력을 갖추기 위해서란다. 운동이 작가에게 필요한 기초 체력을 길러 준다면 음악은 그가 소설가로 존재할 수 있게 해준다.

잘 알려진 대로 서른에 작가로 데뷔한 그는 그때까지 직업으로 작가가 되겠다는 생각을 해본 적이 없다고 한다. 하지만 작가 이전의 무라카미 역시 그 행적이 예사롭지 않다. 초등학교 5학년 무렵에 생긴 트랜지스터라디오로 팝뮤직에 빠져들었다. 열다섯 무렵에 접한 재즈 콘서트의 충격으로 팝은 라디오로, 재즈는 콘서트에서 즐기게 된다. 그 후 고등학생 시절 눈뜨게 된 클래식, 이렇게 세 갈래의 음악을 즐기게 되었다. 그리고 어린 그로서는 어마어마한 돈을 내서 음반들을 모았다. 그런 음반들을 소중하고 정중하게 들었고, 구석구석까지 외웠으며, 그것이 귀중한 지적재산이 되었다고 한다. 값싸게 음원을 구해 듣는 요즘 세태와는 많이 다르다. 음반이나 콘서트 티켓을 구매할 때 드는 비용, 그것을 온몸으로 듣는 시간 투자를 했을 때 음악으로 들어갈 수 있음을 보여준다.

무라카미는 그의 소설에 음악을 많이 등장시킨다. 하루키와 음악에 대한 단행본이 출간될 정도며, 그의 작품에 나온 음악으로 구성된 콘서트도 열리고 있다. 때로는 그의 글을 낭독도 하면서…. 이처럼 음악은 그의 작품을 풀어가는 훌륭한 매개체 역할을 함과 동시에 그의 작품을 완성시켜 준다. 즉 작품의 중요한 소재일 뿐만 아니라 작가로서 영감靈感의 원천이 음악이라는 얘기다. 서른 이전에 무라카미는 피터 캣Peter Cat이라는 꽤 괜찮은 재즈 바를 운영하기도 했다. 오로지 온종일 음악을 들을 수 있다는 이유로. 어린 시절부터 해온 남다른 음악사랑은 예기치 않았던 작가 탄생을 가능케 했다.

그의 작품 중『잡문집』과『오자와 세이지 씨와 음악을 이야기하다』라는 책이 있다.『잡문집』은 에세이를 비롯해 여러 책들의 서문, 해설과 각종 인사말, 짧은 픽션 등 그야말로 잡다한 글을 담고 있다고 이름 지어진 것이다. 이 책에서 다룬 그와 음악과의 인연과 사랑은 주로 록과 팝 그리고 재즈에 대한 것이다. 한결같이 LP음반을 사랑하는 무라카미, 심지어 같은 음악이라도 음반 무게에 따라 사운드가 달리 들린다는 대목을 보면 미시적 감각이 극도로 발달한 그를 느낄 수 있다. 그는 글 쓰는 법을 음악의 리듬에서 배웠다. 문장을 써 내려갈 때도 재즈의 리듬을 타며 쓴다고 한다.

『오자와 세이지 씨와 음악을 이야기하다』는 마에스트로 오자와 씨와 클래식에 대한 대화를 기록한 책이다. 이 책을 보면 무라카미에 대한 경외감이 들 정도다. 하루키의 기획으로 만든 이 책은 마에스트로와 9개월에 걸쳐 도쿄와 세계 곳곳을 다니며 나눈 음악 이야기를 담고 있는데 대체로 이런 식이다. 먼저 무라카미가 음반을 틀어놓고 분석하고 느낌을 이야기 하면 오자와가 부연 설명하며 그 이유와 철학적 해석을 더하는 형식이다. 오자와가 누군가? 일본이 국가적 차원에서 후원했던 최정상급의 지휘자다. 그런 대가 앞에서 무라카미의 해석은 정확하다. 대단히 분석적일 뿐만 아니라 균형미에 대한 탁월한 감각까지 보여준다. 심지어 연주자가 실수할 뻔한 것까지 읽어낸다. 문학과 음악의 두 정상이 나누는 대화가 부러울 따름이다. 이것이 콜라보레이션이다.

하루키는 소설가가 되기 위해서 책을 많이 읽을 것과 주위의 사람들이나 일어나는 일을 찬찬히 주의 깊게 관찰하라고 말한다. 작가로서 운동과 음악이 그에게 중요하다면 노벨문학상 후보로 거론될 수 있는 힘은 집중력이다. 매일 아침 일찍 일어나 이차원의 종이에 인쇄된 기호들을 가만히 응시하고, 거기서 자신의 입체적 음악을 만들어 내는 마에스트로와 같이 자신도 새벽에 홀로 집중해서 다섯 시간이고 여섯 시간이고 오로지 글을 쓴다. 오후에는 긴장을 풀고 편하게 할 수 있는 일을 한다. 꾸준하게 좋은 소설을 쓰기 위해 시간과 에너지를 배분한다는데 나처럼 그렇지 못한 사람은 종일 바쁜데 결과가 없다. 그래도 무라카미 하루키의 글을 읽다 보면 그를 닮고자 하는 의욕이 생긴다. 또한 음악은, 집중해서 음악만 듣는 흉내도 내본다. 그럼 나 같은 범인凡人도 결과를 만들 수 있으리라 기대해 본다.

낭만에 대하여

　시적이고 감수성 가득한 노래를 만들고 부르던 가수 최백호는 음악과 인생의 부침을 겪은 후 돌아와 B급 정서를 담은 노래를 발표했다. '궂은 비 내리는 날 그야말로 옛날식 다방에 앉아', 그야말로라는 말은 평소 인터뷰 때 그가 자주 쓰는 표현이다. 이 노래는 과거 작품과는 차별화된 그야말로 뽕필(?)을 물씬 풍긴다. '도라지 위스키 한 잔에다 짙은 색소폰 소리를 들어 보렴', 다방에서 위스키? 예전엔 그랬다. 70년대 말, 80년대 초까지만 해도 뭔가 겉멋을 부릴 땐 다방에서 도라지 위스키를 시키곤 했다.

　'이제 와 새삼 이 나이에 실연의 달콤함이야 있겠냐마는', 그 시절 청춘들의 실연은 너무나 아픈데 달콤하다니. 그래 어쩌면 그 나이엔 그럴 수 있겠다 싶다. '첫사랑 그 소녀는 어디에서 나처럼 늙어갈까', 어느 날 집에서 식사한 후 설거지 하는 아내를 물끄러미 바라보다 문득 첫사랑 그 아이는 지금 어디서 무얼 할까, 그 소녀도 저렇게 설거지를 하고 있을까? 그래서 단숨에 〈낭만에 대하여〉라는 가사를 쓰고 노래를 만들게 되었다고 한다.

그는 자신의 인생을 이 노래 이전과 이후로 나눌 수 있다고 했다. 결핵으로 군에서 일찍 제대한 후 요양차 찾은 2년간의 산중 오두막 생활에서 기타 치고 노래하며 가수로서의 싹을 틔웠다. 그는 세상의 전부였던 돌아가신 어머니를 그린 〈내 마음 갈 곳을 잃어〉로 데뷔하자마자 곧 정상에 올랐다. 승승장구하던 그도 어느 순간 잊힌 사람이 되었다. 그동안에도 꾸준히 좋은 노래를 발표했지만 큰 성과를 내지 못하다가 우연히 만들게 된 노래가 그의 인생 노래가 된 것이다.

아이러니한 것은 작품성이 뛰어난 노래가 생각만큼 뜨지 못한 경우가 있었던 반면 큰 기대를 하지 않던 이 노래가 의외로 대박을 터트리게 된 것이다. 지금까지 사랑받고 있는 〈낭만에 대하여〉의 큰 성공으로 그는 음악생활을 계속 할 수 있었을지 모른다. 데뷔 40주년을 맞은 최백호는 이를 기념한 음반과 공연의 제목을 '불혹' 이라 정했다. '즐겁게 나이를 먹자' 는 마음으로 나이 들어감을 담담히, 긍정적으로 받아들인다는 그는 음악이나 인생에 있어서 '불혹' 을 말할 자격이 있다.

최근 몇 년 새 만들어진 그의 노래는 한층 고급스러워졌다. '도라지 위스키와 마담이라니~'라고 생각하던 젊은이들이 요즘 그의 음악을 듣고 '아빠의 가수였던 최백호가 나의 가수가 되었다'고 한다. 이 중 몇몇 곡은 또 다른 그의 인생노래가 될 가능성이 높다. 반항기 가득한 모습이었던 젊은 시절의 최백호는 이제 맑은 미소가 참 잘 어울리는 초로의 남자가 되었다. 한 인간으로서, 가수로서 굴곡과 정점을 함께 가졌던 그는 이제 후배 가수들을 걱정하고 한국 대중음악의 미래를 위해 노력하는, 존경받는 음악인으로 우뚝 서 있다.

그가 소장으로 있는 한국음악발전소가 문체부와 서울 마포구의 후원으로 운영하는 독립음악인 창작 공간 '뮤지스탕스'를 통하여 많은 젊은 음악인들을 지원하고 있으며, 기부금으로 운영되는 한국음악발전소도 원로음악인과 신예음악인을 돕고 있다. 이런 시스템을 통한 선후배 지원에 힘쓰는 한편 젊은 가수들과의 공동작업도 활발히 하며 식지 않는 열정으로 그의 음악세계에 깊이를 더하고 있다.

최백호는 말한다. "이제야 노래를 좀 알겠다. 젊을 때는 소리를 그냥 툭툭 내뱉었는데 지금에 와서야 노래에 마음을 담기 시작했다. 그래서 아흔 살에 정말 멋진 노래를 할 수 있을 것 같다."고 말한다. 그의 음악인생은 나이를 먹어가는 우리에게 용기를 준다. 세월의 두께를 이겨내고 자신의 존재를 만들어 가는 사람은 아름답다.

리스트를 아시나요

역사상 가장 인기 있었던 피아니스트, 바그너 오페라 〈로엔그린〉을 세계 초연한 지휘자, 생의 마지막까지 수많은 제자를 지도한 큰 선생, 그리고 피아노의 걸작을 남기고 교향시를 완성한 위대한 작곡가, 문학·역사 등에 해박했던 지식인이자 그 누구보다도 자선활동에 애를 썼던 따뜻한 마음을 가졌던 사람. 게다가 그는 사제 서품을 받고 생의 마지막을 맞은 사람이다. 바로 프란츠 리스트Franz Liszt다.

리스트의 이런 다방면의 업적에 비해 대중적 인기는 상대적으로 낮은 편이다. 그의 피아노곡은 연주하기 까다롭다, 동시대 쇼팽 음악에 비해 상대적으로 어렵게 다가온다 등의 이유로 인함이 아닐까. 그러던 중 일전에 우연히 리스트에 대한 TV특강을 접하게 되었다. 특히 리스트가 사제였다는 말에 궁금증을 가지게 되었다. 그의 전기를 찾아보았으나 우라히사

도시히코라는 일본의 음악 프로듀서가 쓴 책 한 권만 겨우 구할 수 있었다.

그는 역사상 최초로 피아노 음악만으로 리사이틀을 연 사람이었다. 그리고 타인이 작곡한 곡만으로 연주회 프로그램을 구성하기도 하여 작곡가와 피아니스트가 분리되는 새로운 시대를 열었다. 이로써 진정한 피아니스트가 탄생하였고 사상 첫 피아니스트가 리스트였다는 평이다. 특히 여성 관객으로부터 열광적인 환호를 받는 슈퍼스타였다. 여성들을 매료시킨 세련된 동작과 고귀한 분위기 그리고 훌륭한 매너를 갖춘 그는 28세 되던 1839년부터 1847년까지 8년간 약 260여 도시를 방문하여 1,000여 회의 공연을 가졌다. 오늘날과 달리 말이 끄는 마차를 타고 도시를 이동하며 사흘에 한 번꼴로 연주회를 가졌다는 것은 정말 대단한 일이었다. 특히 당시 공연 한 번에 일반인의 연봉 이상을 받았으나 수익 대부분을 예술 진흥이나 학생, 결손 가정 아이들을 위해 아낌없이 기부했다는 것은 참으로 존경할 만한 일이다. 그러고는 불과 36세 때 인기 절정의 피아니스트에서 은퇴하고 새로운 길에 나서게 된다.

이듬해부터 바이마르 궁정 악장으로 취임해 작곡, 지휘, 교육 활동에 전념하며 음악가로서 새로운 삶을 열어간다. 위대한 피아니스트답게 그의 피아노 작품을 연주하는 데 무려 122시간이 걸릴 만큼 많은 곡을 남겼다. 피아니스트 리스트가 여성들을 열광에 빠트린 아이돌 같은 존재였다면 작곡가 리스트는 철학적인 탐구를 거치며 난해하고 복잡한 존재라고 할 수 있다. 리스트는 그의 교향악적 작품에 시적인 정취를 투영해 교향시를 탄생시켰다. 그런 한편 교육자로서도 최선을 다했다.

현존하는 피아니스트의 위대한 계보는 리스트의 레슨으로부터 비롯되었다는 평이다. 수많은 제자에게 마음을 다해 지도한 그는 자신의 기술을 흉내 내지 말라고 강조했다. 리스트는 학생들의 기술에 치우친 연주를 매우 싫어하며 그들에게 각자 자신만의 음악을 깨우쳐 주기 위해 애를 썼다 한다. 인간을 사랑한 그는 당연히 제자들에게도 그러했다. 자신의 제자라며 이름을 팔던 이가 사과를 하러 찾아오자 연주를 해 보라고 한 뒤 온화한 얼굴로 이렇게 말했다. "이제부터 자네는 리스트의 제자라고 가슴을 펴고 당당하게 말해도 되네." 그뿐만 아니라 많은 제자들이 리스트와 함께한 순간을 가슴에 품고 고향으로 돌아가 그 감동을 간직한 채 살아갔다고 한다. 그를 유럽인이라고 부르는 것이 더 타당하겠지만 태어난 조국 헝가리 왕립 음악원의 창설과 운영에 막대한 공헌을 했다. 이것이 지금의 리스트 음악원이다.

그는 여성 편력이 있었지만 이것만으로 그를 형이하학적 인간으로 폄훼할 수 없다. 리스트는 위대한 음악가임과 동시에 행동하는 지식인이자 인격자였다. 그리고 한 인간으로서 큰 슬픔도 겪었다. 두 아이를 연이어 잃은 그는 이런 글을 남겼다. "살아있는 모든 귀한 사람들에게 빛을 비추고, 세상을 떠난 모든 사랑스러운 사람들이 정신적으로나 육체적으로 평안히 잠들 수 있게 하는 것. 그것이 내가 추구하는 예술이자 목적입니다."

마침내 그는 54세에 사제가 된다. 이후 이른바 '세 집 생활'을 하며 봄에는 부다페스트, 여름에는 바이마르, 겨울부터 이듬해 봄까지는 로마에서 쉬지 않고 피아노 마스터 클래스, 작곡, 지휘자로서의 활동을 생의 마지막까지 왕성하게 이어나가다 74세로 세상을 떠났다.

내가 알던 리스트와 조금 더 가까이 다가가서 바라본 그는 전혀 다른 사람이었다. 리스트는 미래를 내다보는 음악가였다. 그리고 현실에 안주하지 않고 새로운 도전을 마다하지 않은 용기 있는 사람으로 우리에게 자극을 준다. 지금부터 듣게 되는 그의 음악은 예전과 다르게 다가오리라.

바르다가 사랑한 10월의 하늘

한 할머니와 괴짜 청년이 주인공인 다큐멘터리 로드 무비가 있다. 두 사람이 프랑스 전역을 함께 누비며 만든 〈바르다가 사랑한 얼굴들〉. 월스트리트 저널은 '이런 영화는 본 적이 없다, 완벽하다!' 는 평을 했고, 뉴욕타임즈는 2017 최고의 영화로 선정했다. 사진기자 출신의 프랑스 여류영화감독 아녜스 바르다Agnes Varda와 프랑스 사진작가, 설치미술가인 JR(장 르네 Jean Rene)이 함께 제작, 출연한 작품이다. 먼저 두 사람의 이력이 예사롭지 않다. 바르다는 베니스 영화제 황금사자상, 베를린 영화제 심사위원 대상을 받은 바 있는 현존하는 레전드 감독이다. JR은 2018 타임지 '영향력 있는 100인' 선정 아티스트, 대형 사진 설치 등을 통하여 소수의 목소리를 대변하거나 사회에 경종을 울리는 소위 '개념 아티스트' 다.

나는 프랑스 시골 풍경이나 감상해도 족하다는 생각으로

영화관을 찾았다. 큰 기대 없이 찾았다가 가슴 가득 감동과 온기를 담아 나왔다. '그래 이게 예술이지' 라는 말을 속으로 되뇌며. 쉰다섯의 나이 차이에도 불구하고 두 사람은 남다른 케미를 보여주며 놀라운 광경을 펼쳐 보인다. 새로운 물결이란 뜻의 50~60년대 프랑스 영화운동 누벨바그Nouvelle Vague 거장인 바르다의 따뜻한 시선과 JR의 톡톡 튀는 아이디어가 만나 얼굴은 예술이 되고, 도시는 갤러리가 되는 기적을 만든다.

우여곡절 끝에 두 사람은 마을과 사람을 찾아 나선다. JR의 포토트럭을 타고 길 위를 누비며 사람을 만나고 그들의 모습을 대형사진에 담아낸다. 철거 예정지에 마지막으로 남아있던 주민과 광부들 그리고 항만 노동자의 아내들. 어떤 강요도 없이 그들의 있는 모습 그대로 담는다. 허물어져 가는 폐가, 농장의 창고 그리고 공장 굴뚝과 컨테이너 더미, 심지어 기차까지 바르다와 JR의 손길을 거치면 그곳은 갤러리가 된다. 그들은 자신의 대형 사진으로 인해 변화된 모습에 신기해하거나 감격의 눈물을 흘리기도 하며 그 속에서 자아를 찾는다.

영화를 찍기 위해 이러한 행위 예술을 하든, 아니면 그 반대이든 그것은 관계없다. 바르다와 JR의 작업으로 인해 세상이 바뀌고, 예술이 박제되어 있는 것이 아니라 삶의 현장에서 살아날 때 바로 그곳에서 인간이 인간답게 존재할 수 있음을 증명한다.

TV프로그램 〈알쓸신잡〉으로 유명해진 정재승 KAIST 바이오 및 뇌공학과 교수가 '일 년 중 나머지 날은 자신을 위해 열심히 살고 대신 딱 하루만 소외된 청소년을 위해 재능기부를 하자'는 제안을 했다. 그래서 2010년부터 시작된 과학자들의 재능기부 과학강연 이름이 '10월의 하늘'이다. 과학자와 공학자, 과학 작가 등 과학과 관련 있는 재능기부자들이 한날한시(매년 10월 마지막 주 토요일 오후 2시)에 전국 각지의 도서관에서 강연을 한다. 예술가나 기업인처럼 과학과 직접 관련이 없는 사람도 과학과 연관이 있는 주제만 준비하면 강연을 할 수 있다. 조건은 단 둘, 자발적으로 뜻을 밝힌 사람만이 참여할 수 있고 금전적인 도움이나 기업의 후원은 철저히 배제하는 것이다.

'10월의 하늘'에는 다른 행사와는 다른, 소위 '10월의 하늘 스피릿'이 있다. 먼저 겉으로 드러난 주인공은 강연자인데 진짜 주인공은 행사 진행을 맡은 운영기부자와 현장 진행기부자이다. 이들의 공은 표면적으로 전혀 드러나지 않지만 이 행사 참여자들은 '10월의 하늘'의 진짜 영웅이 누구인지 다들 알고 있단다. 두 번째는 자발적인 행사인 만큼 어떻게든 행사를 즐겁게 만든다는 것이다. 청중이 즐겁게 강연에 참여하도록 하는 것은 물론이고, 강연자와 진행자도 기쁘게 하루를 보낸다. 이들은 서로 모여 즐거운 나들이 가듯 도서관으로 향하고, 가는 도중 재미난 놀이도 하며 강연이 있는 하루를 떠들썩한 축제로 승화시킨다. 강연이 끝나면 이들을 격려하기 위한 조촐한 파티가 열린다고 한다. 파티는 주로 서울에서 열리는데, 가까운 도시에서 강연을 마친 기부자들이 먼저 와 먼 도시에서 강연한 기부자를 기다리다 함께 모여 밤늦게까지 이야기꽃을 피운다 한다.

바르다와 JR 그리고 '10월의 하늘'의 공통점은 자신의 일을 통해 세상과 함께하고, 같은 시선으로 세상을 바라본다는 것이다. 그리고 따뜻한 마음이 있으면 목소리 높여 외치지 않아도 자신의 말을 잘 전달할 수 있고 세상을 설득시킬 수 있음을 보여준다.

파리로 가는 작은 숲길

흔히들 그림을 크게 그려야 한다고 말한다. 멀리 보고 거침없이 달려야 성공한다고들 한다. 그러나 찬찬히, 자세히 들여다보면 그동안 보지 못했던 것이 보이고 거기서 고요하지만 결코 작지 않은 기쁨을 누릴 때가 있다. 디테일이 완성도를 높여 줄 뿐만 아니라 사람의 마음을 여는 열쇠라고 본다. 이러한 아름다움을 영상으로 잘 보여주는 작품들이 있다.

임순례 감독의 〈리틀 포레스트〉는 일본 만화가 이가라시 다이스케의 동명 작품을 텍스트로 했다. 이가라시는 도호쿠 지방에서 자급자족했던 자신의 생활경험을 바탕으로 작품을 만들었으며 이야기 전개보다는 음식을 만드는 과정에 집중했다. 반면 임순례 감독은 사람과의 관계를 따뜻이 표현했다는 것이 중평이다. 감독 스스로 '폭력적이고 자극적인 소재가 주를 이루는 요즘, 관객들에게 편안하고 기분 좋은 휴식 같은 영화를 선물하고 싶었다. 요리보다는 인물들의 이야기에 포커스를 두고 만들었다'고 했다. 하지만 이 영화는 일본의 그것 못지않게 음식이 중요하게 다루어진다.

현실에 지쳐 어느 겨울날 고향에 돌아온 혜원은 텅 빈 옛집에서 혼자 겨울과 사계절을 나며 소소한 일상을 꾸려간다. 얼마 남지 않은 쌀로 밥을 짓고 집 앞 밭의 꽁꽁 언 푸성귀로 끓인 나물국은 혜원의 시린 마음을 녹여 줄 뿐만 아니라 우리로 하여금 행복한 미소를 머금게 한다. 눈을 치운 뒤 언 몸을 녹여주는 수제비 한 그릇은 성찬이며, 반죽하고 숙성시키기 위해 깨끗한 천으로 덮어두는 요리의 과정은 정갈한 아름다움이다. 막걸리를 담가 그것이 익어가는 과정을 천천히 그리고 아주 가까이 보여주는 영상은 잔잔한 기쁨이다. 아카시아 꽃잎을 따서 맑은 기름에 튀겨 낼 때 그 꽃은 활짝 더 피어난다. 잘 익은 튀김을 바싹 베어 물 때 나는 추억에 잠겼다. 예전 군 생활 땐 그것이 오월의 큰 호사였다.

이 영화의 미덕은 단조롭기만 한 시골 생활에서 노동을 통하여 소출을 얻고, 정성 어린 손길을 다하는 수고로움 끝에 소박하지만 건강하고 맛난 음식을 얻는 과정을 아주 가까이에서, 정적으로 보여주는 것에 있다. 거기에 더하여 사람과의 관계가 요리로 인해 풀어지고 연결되는 것을 담담히 보여준다. 영화에 나오는 송충이와 개구리 그리고 달팽이조차 촬영 후 자연에 돌려보냈다는 것은 〈리틀 포레스트〉가 보여주고자 하는 작은 것의 소중함을 조용히 웅변한 것이라고 본다.

보통 사람들을 따뜻한 시선으로 영상에 담는 수수한 모습의 임순례 감독과는 달리 영화계의 화려한 로열패밀리가 있다. 〈대부〉 시리즈와 〈지옥의 묵시록〉 등을 연출한 프란시스 포드 코폴라Francis Ford Coppola, 그의 부인 엘레노어Eleanor 코폴라, 그리고 〈대부〉 3에 마이클의 딸로 출연한(지금은 감독으로 성공했다) 코폴라 감독의 딸 소피아. 일전에 잔잔한 화제를 모은 프렌치 로드 무비 〈파리로 가는 길〉이 엘레노어의 첫 상업영화 연출작이다. 이 영화는 건강상 남편과 동행하지 못하고 그의 동료와 칸에서 파리까지 뜻하지 않은 여행을 하게 된 감독 자신의 이야기를 영화로 만든 것이다.

영화는 세계적 영화제가 열리는 칸Cannes을 시작으로 라벤더 밭이 끝없이 펼쳐지는 한적하고 평화로운 경관의 액상 프로방스Aix-en Provence를 거쳐 최초로 영화를 제작한 뤼미에르Lumiere 형제를 담은 동명의 박물관과 프랑스 요리의 전설 폴 보퀴즈Paul Bocuse의 이름을 딴 시장 등이 있는 리용 그리고 파리에 이르기까지의 여정을 그린다. 제목이 말해주듯이 프랑스의 아름다운 풍광이 주인공이다. 또 하나의 주인공은 다양한 와인과 시장에서 만든 치즈 그리고 보는 것만으로 아름다운 프렌치 푸드와 디저트다. 곧장 파리로 가고자 하는 앤의 바람과는 달리 자크는 '파리는 없어지지 않는다' 며 그녀에게 이렇게 프랑스의 미를 보여준 것이다. 물론 거기에는 또 다른 목적이 있었지만 말이다.

〈리틀 포레스트〉와 같이 이 영화 역시 느림과 음식에 대한 예찬을 한다. 앤의 취미인 매크로 촬영, 자크의 계절과 음식에 대한 이야기, 자연과 와인에 대한 해박한 설명은 세상을 미시적 시각으로 관찰함으로써 아름다움을 찾을 수 있다는 것을 말한다. 크게 멀리 보는 것은 중요하고 필요한 가치다. 하지만 이런 가치를 아름다운 결과로 만들어 주는 것은 느리게, 가까이 바라보는 것이다. 최소한 이 두 영화는 특별할 것 없는 사람들의 소소한 일상 그리고 낯선 프랑스 여행기를 천천히 마음을 담아 호흡하는 것과 가까이 바라봄으로 해서 나에게 특별함으로 다가왔기에 나는 그렇게 믿는다.

소박한 삶을 찾아서

'미니멀리즘'이란 예술, 문화에 있어 단순함과 간결함을 추구하는 사조다. 사물의 본질에 충실한 표현을 했을 때 이전과는 다른 현상이나 모습을 목격할 수 있다. 생텍쥐페리의 "완벽함이란, 더 이상 뺄 것이 없을 때 완성된다."는 말처럼 이것은 회화와 조각 등 시각예술, 음악·건축 그리고 패션에도 큰 영향을 미쳤으며 철학과 종교도 마찬가지였다. 이러한 흐름은 날로 복잡해지는 세상살이에 지친 사람에게 영향을 미쳐 미니멀라이프를 추구하는 이들을 만들어 냈다.

소크라테스는 "행복의 비결은 더 많은 것을 찾는 것(가지는 것)이 아니라 더 적은 것으로 즐길 수 있는 능력을 키우는 데 있다."고 말했다. 우리는 단순하고 소박한 생활방식에 자족하는 사람, 꼭 필요치 않은 물건과 일 등을 줄여 본인이 가진 것에 만족하는 사람, 이런 삶을 통해 오히려 더 풍요로운 인생을 만나는 사람을 미니멀리스트라고 부른다.

영미권에서부터 풍요와 넘쳐나는 물질로는 공허함을 채울 수 없다는 자각에 미니멀라이프를 추구하는 사람들이 늘기 시작했다. 일본 역시 지진, 장기불황 등의 이유로 소박한 삶에 관심을 가지는 이들이 많아졌다. 특히 야마시다 히데코의 『새로운 정리술-단샤리』라는 책으로 인해 폭발적으로 유행했다고 한다. 우리도 소확행, YOLO, 워라밸 등이 중요한 가치가 되는 지금의 사회 분위기로 인해 이런 생활방식을 찾는 사람이 많아졌다.

〈100일 동안 100가지로 100퍼센트 행복 찾기〉라는 영화를 보았다. 독일에서 상당한 인기를 끈, 미니멀라이프에 관한 영화다. 두 주인공 폴과 토니, 어릴 적부터 함께 자란 둘은 IT회사도 같이 운영한다. 사는 집도 아래윗집이다. 다만 라이프스타일은 달라 폴은 소비에 탐닉, 토니는 자기관리에 병적일 정도로 집착한다. 어느 날 빅딜 성사 후 축하 파티에서 만취해버린 둘은 황당한 내기를 한다. 내기는 이렇다. 각자가 가진 모든 것을 버린 후, 하루에 한 가지씩 물건을 돌려받으며 100일을 버텨야 하는 '100일 챌린지'를 하기로 한 것이다. 이튿날 아침, 술에서 깬 둘은 완전히 빈집에서 실오라기 하나 걸치지 않은 자신들의 모습에서 간밤의 무모했던 상황을 깨닫게 된다. 하지만 돌이킬 수는 없는 터. 그로부터 시작된 해프닝을 통하여 우리에게 소유에 대한 자각을 준다.

이 영화의 오프닝에 인상적인 멘트가 나온다. 평균적으로 우리의 증조부모 세대는 57가지, 조부모 세대는 200가지, 부모 세대는 600가지 그리고 현대의 우리는 약 10,000가지의 물건으로 생활한다고 한다. 과히 우리는 물건을 이고 산다고 할 수 있을 정도다. 나 역시 수많은 물건을 지닌 채 살아가고 있다. 때때로 구석구석에 쌓인 것을 보면 가슴이 답답해지기도 한다. 왜냐하면 지금은 나에게 사랑받지 못하는 그 물건도 비싼 비용을 치렀고, 아까운 시간까지 투자한 결과물이기 때문이다.

사람들은 미니멀라이프를 동경한다. 하지만 이런저런 이유로 그것을 실천하기란 쉽지 않다. 나 역시 가끔씩 시간을 내서 물건들을 정리해 보지만 살 때의 생각, 언젠가는이라는 생각에 쉬 포기하기가 어렵다. 하지만 큰마음을 내서 과감히 버리고 나면 오히려 마음이 한결 정리되고 더 충만해지는 느낌을 가지게 된다. 버린다는 것은 새로운 가닥을 잡는 일과 같다. 끊임없는 정리정돈 속에 새로운 창의력과 의욕이 솟아날 수 있는 것이다.

큰 집을 버리고, 책도 거의 다 정리하고, 세간도 가장 단출한 것으로 장만해서 소박하고 간결한 생활을 하는 사람을 가끔씩 볼 수 있다. 이들의 특징은 활기차고, 건강한 몸과 마음을 갖추고 있다는 것이다. 내가 아는 어느 스님은 훌륭한 구도자면서 행정가로서도 대단히 뛰어나다. 그분은 언제나 의

욕적으로 수행에 정진하며 또한 맡은 중책을 잘 감당하고 있다. 스스로 늘 주변정리, 간결한 생활을 추구하고 실천하며 힘을 얻고 있다. 그리고 만나는 사람에게도 그러한 자세를 주문한다. 그런 모습에서 나는 언제나 무한 긍정의 좋은 에너지를 받고 있다.

미니멀라이프는 단순히 외형적 모습에 대한 것만이 아닐 것이다. 검박한 살림살이뿐만 아니라 인간관계, 사고방식 등 모든 것에서 거품을 빼고, 선명하고 본질에 충실한 자세를 갖추기 위해 노력하는 것. 이것이 소박한 삶의 진정한 모습이다.

단지 그것이면 충분했다

안도 다다오. 설명이 필요 없는, 자신만의 세계를 이룬, 오늘날 가장 사랑받는 건축가 중 한 명이다. 강원도 원주의 '뮤지엄 산(Space. Art. Nature)'도 그가 설계한 작품이다. 많은 안도 다다오의 작품처럼 이곳도 건축물 자체가 오히려 뮤지엄의 기능을 앞서는 것 같다. 그의 건축물에서 볼 수 있는 특징, 공간의 획일성에 대한 저항. 즉 그 장소만의 고유성을 간직한 채 주변 환경을 최대한 살리는 것을 이곳에서도 잘 볼 수 있다. 바로 이러한 자연스러운 분위기가 우리에게 영감을 준다.

물, 바람, 빛 그리고 소리와 자연이 함께하는 그의 건축물에서 또 하나의 특징인 중정을 뮤지엄 산에서도 볼 수 있다. 얼핏 지나치면 그냥 자투리 공간처럼 보이는 중정 '삼각코트'. 안도 다다오도 가장 마음에 든다고 했던 이 공간을 완성하고 건축가들은 공법상 어려움을 극복한 것에 막걸리 파티를 벌이며 감격의 눈물을 흘렸다고 한다. 바닥에 고정되지 않은 채 울퉁불퉁하게 깔린 돌은 이곳이 명상의 공간임을 설명한다. 명상법 중 하나를 따라 발에 닿는 감촉에 집중하며 천천히 걷노라면 세상의 온갖 소리와 상념으로부터 벗어날 수 있다. 삼각코트는 거기에 최적화된 장소다.

잘 알려진 대로 그는 고졸 학력의 프로복서 출신으로 세계적 건축가다. 직관적인 감각을 키우고 몸소 건축을 느끼고자 여행과 독학을 통해 건축에 눈을 떴다. 우연히 책을 통해 르 코르뷔지에를 접하고 24세 때 그를 찾아 나섰다. 그러나 운명은 그들의 만남을 허락지 않았다. 안도가 시베리아를 거쳐 핀란드에서 일정을 지체한 바람에 그를 만날 수가 없게 되었다. 뒤늦게 파리에 도착했지만 르 코르뷔지에는 그 직전에 세상을 떠나고 말았던 것이다. 그러나 권투선수 출신답게 안도는 "그럼에도 불구하고 나는 용기를 잃지 않았다."고 말했다.

어린 시절 동네에서 본 목공소, 철공소, 유리가게 그리고 오사카의 요도 강가에서 뛰어 놀던 기억이 훗날 그의 건축에 중요한 역할을 했다고 한다. 그러나 그는 자신의 핸디캡을 극복하고자 많은 책을 읽고, 걸어 다니며 스케치 여행을 했다. 근대 대가들의 작품과 고전 작품을 직접 찾아다니며 온몸으로 받아들여 자신만의 세계를 구축해 갔다. 그가 만나고 싶어한 르 코르뷔지에가 여행을 통하여 건축에 눈을 뜬 것처럼.

안도 다다오가 여행을 통하여 일가를 이루었다면 소설가

박경리는 고통과 슬픔 그리고 외로움으로 그의 문학을 완성하였다. 아름다운 통영의 박경리 문학관과 달리 원주의 박경리 문학공원 주변 환경은 그리 문학스럽지(?) 못하다. 그러나 토지를 완성하고 말년을 보낸 그 집 대문 안으로 내딛는 발걸음은 아프다. 그런 절절한 작가의 아픔과 슬픔을 느낄 수 있는 공간이 그곳에 있다. 문학은 '왜' 라는 질문에서 출발한다던 박경리는 늘 닫혀있는 대문 안에서 '왜' 라는 질문을 멈추지 않고 자신의 문학을 완성시켜 나갔다. 1989년에야 대문을 나서 첫 여행으로 중국을 다녀왔다고 한다.

박경리는 스스로 자신의 출생이 불합리했다고 할 만큼 불우하고 외로운, 그리고 반항심 가득한 어린 시절을 보냈다. 불행한 어머니의 모습을 보고 절대로 남성 앞에 무릎을 꿇지 않겠다던 그는 여고를 졸업하고 곧 결혼했다. 그러나 이십 대 중반 6.25 전쟁 통에 서대문 형무소에서 남편을 잃고 곧이어 세 살 난 아들마저 잃었다. 이후 인간으로서 감내하기 힘든 참척의 슬픔과 가난 속에서 창작활동을 시작하게 된다. 이처럼 깊은 슬픔과 씻을 수 없는 한은 아름다운 문학으로 탄생하게 된다. "나는 슬프고 괴로웠기 때문에 문학을 했으며 훌륭한 작가가 되느니보다 차라리 인간으로서 행복하고 싶다."고 했다. 그래서 우리는 박경리의 글 앞에서 옷깃을 여며야 하는 것이다.

처음 원주에 내려왔을 때 그곳은 밤이면 온갖 짐승 소리가

들리던 외진 곳이었다 한다. 심란한 새벽이면 리어카를 끌고 원주천으로 나가 돌을 주워 대문 안 집으로 오르는 길에 하나씩 박아 놓았다. 그 슬픔과 외로움의 돌을 디뎌야 우리는 그 집에 들어갈 수 있다. 스스로 글 감옥이라 표현했던 그 집에서 일절 사람도 만나지 않고, 글 쓰고 텃밭을 가꾸면서 그는 세상과 사람을 두루 꿰뚫어 보았다. 토지의 배경이 된 하동의 평사리에는 가 본 적도 없단다. 눈을 감고 있어도 인간을 살피고 시대를 그렸던 것이다. "모진 세월 가고/ 아아 편안하다 늙어서 이리 편안한 것을/ 버리고 갈 것만 남아서 참 홀가분하다"던 박경리 문학의 완성에는 단지 외로움과 슬픔 그것이면 충분했던 것이다.

마스터 클래스

70~80년대, 배움에 목말라하던 음대생들 사이에 아주 귀한 물건이 떠돌아다녔다. 미국 줄리아드 음악원에서 열렸던 마스터 클래스 음원이었다. 당대 최고의 빅 스타 마리아 칼라스, 루치아노 파바로티의 마스터 클래스였다. 70년대 초반에 열렸던 이 행사는 최정상의 성악가가 지도하는 것이어서 모두들 정말 흥미롭게 듣곤 했다. 비록 말을 잘 알아듣지도 못했고, 카세트테이프의 음질도 좋지 않았지만 대가의 목소리를 듣는 것만으로도 흥분을 가라앉히기 힘들 정도였다. 파바로티의 클래스에 한국 테너 정광이 나오는데 그 누구보다 뛰어나게 노래를 해서 다들 어깨를 으쓱하곤 했다. 지금은 유튜브로 전체를 보고 들을 수 있는데 이 마스터 클래스는 단순히 학생들만을 위한 행사가 아니라 큰 비즈니스임을 알 수 있다. 몇 년 전에 배우 윤석화가 출연한 〈마스터 클래스〉는 미국에

서 제작한 마리아 칼라스의 마지막 수업을 담은 작품이다. 희미하게나마 대가는 무엇을 생각하는지 느낄 수 있다.

88 서울 올림픽을 기념한 이탈리아 라 스칼라 극장 내한 공연 오페라 〈투란도트〉에 출연한 뒤 가진 세계적 테너 주세페 자코미니의 마스터 클래스는 당시 시야가 좁던 우리들에게는 충격적 사건이었다. 노래를 할 때 음정이 올라갈수록 오히려 내려간다고 생각하라는 자코미니의 말은 난생 처음 듣는 소리였다. 그리고 직접 아리아를 두 곡이나 부르는 그의 목소리는 우리가 상상할 수조차 없는 엄청난 성량이었다. 그동안 믿었던 여러 가지가 한꺼번에 깨지는 경험이었다. 새로운 세계를 발견한 느낌이었다.

마스터 클래스 하면 이탈리아의 전설적 테너 카를로 베르곤지가 떠오른다. 그는 활동할 당시에도 대단히 우아하고 지적이었지만 은퇴 후에는 배움을 원하는 사람들을 위해서 마스터 클래스를 아주 효과적으로 활용했다. 토스카나 지방의 소도시 부세토에서 베르디의 오페라 작품명을 딴 '포스카리가의 두 사람(I Due Foscari)'이란 이름의 호텔을 운영하며 이를 잘 활용했으니 베르곤지에게는 이것이 아주 재미난 사업이었다. 아무튼 베르디의 고향 부세토에서 열리는 최고의 베르디아노 베르곤지의 마스터 클래스는 큰 인기였다. 아마도 이곳에서 열리는 오페라 공연보다는 이 마스터 클래스에 참가하고자 하는 사람이 훨씬 많이 부세토를 찾았을 것이다. 그리고 전 세계에서 모여든 유망주들이 이곳을 중심으로 교류도 하며 뻗어나가는 장이 되었다.

국내에서는 평창대관령음악제의 주요 프로그램 중 하나가 마스터 클래스다. 공연만 보여주는 음악제가 아니라 교육 기능을 중요한 행사로 만들어 간다는 것은 매우 바람직한 구조다. 그 폭과 범위가 상당히 넓다. 여기에 임하는 진정성을 느낄 수 있다. 마스터 클래스는 단순히 학생들이 대가로부터 한 수 배운다는 가치를 훨씬 뛰어넘는 것이기도 하다. 이것은 사람이 모이고 만나는 교류의 장으로서도 큰 의미가 있다. 하나의 문화적 흐름을 생성시키기도 한다.

J를 추억하며

며칠 전 우연히 SNS에 올라온 한 권의 책 제목을 보고 사뭇 놀랐다. 저자는 내가 아는 이름인데 유고집이라 적혀 있다. 설마 하는 마음에 이리저리 수소문을 해 보니 그는 작년 이맘때 세상을 떠났다 한다. 책을 구하기 위해 교보문고, yes24 등을 뒤졌으나 쉽게 찾을 수가 없었다. 책을 가지고 있음직한 지인에게 문의해서 구했다. 지난 휴일에는 『낯선 길』이라는 J의 유고집을 읽으며 그와의 추억을 회상해 보았다.

그와 나의 인연은 그리 오래지 않다. 언젠가 J가 먼저 나에게 마음을 열고 손을 내밀었다. 돌이켜 보면 그 몇 해 전, 모 기관의 행사대행업체 선정 심의에 같은 심사위원으로 딱 한 번 본 기억밖에 없는데, 그가 나에게 따뜻한 마음을 먼저 내어 준 것이다. 그리고 시간이 흘러 한솥밥을 먹게 되었다. 그는 수성문화재단의 문화정책 팀장으로, 나는 수성아트피아

관장으로 일하며 자주 만나게 되었다. 역할은 달랐지만 늘 호의 어린 시선으로 서로를 지켜봤다.

그는 서울 가톨릭대학교 신학대학을 졸업하였으나 사제의 길을 가지 않았다. 두 곳의 언론사와 해인사 성보박물관 학예연구실장을 거쳐 수성문화재단에서 정년퇴직을 하였다. 이런 일들 사이에 꽤 긴 세월 동안 속세와 떨어져 홀로 지낸 적도 있었다. 그것도 나이 오십에 집을 떠나 산사 암자와 외딴 시골집에서 책 읽기와 산책으로 자신과 만나는 시간을 가졌다. 그러다 신문사 선배의 권유로 축제 기획을 하게 되면서 글쟁이에서 문화정책의 길로 접어들게 된다. 이 시기의 기억을 「낯선 길」이라는 제목의 꽤 긴 글로 남겨 놓았다. J는 "조직생활은 타인의 의견을 듣고, 논의하고 수렴·조정해야 하며 거기에는 상당한 인내와 여유가 필요하다. 하지만 나는 그런 멘탈리티가 없고 노력도 않는다. 혼자 생각하고 실행하는 경향이 강하다."면서 이런 생활에 맞지 않다고 했다. 이런 '낯선 길'에서 그는 힘들었을 것이라고 짐작한다. 이것이 그의 발병 원인이 아닌가 하는 생각을 했다.

퇴직 후 반년이 조금 지났을 무렵 몸의 이상을 느낀 그는 췌장암 진단을 받는다. 수술 후 항암 치료를 거부하고 청도 성모솔숲마을로 들어가 쑥뜸과 침 등 자연치료요법으로 암을 이기고자 했으나 결국 세상을 떠나고 말았다. 그의 말처럼 "이제 해보고 싶은 거 좀 해보려 하는데." 그의 운명은 가혹하기만 했다. J가 오래 알고 지냈던 벽안의 수도승 오도 아빠스의 죽음이 임박한 모습에 "왜 팔십 평생 어질게 살았던 이 수도승이란 말인가? 왜 하필 지금인가? 왜 이런 방식인가?"라고 마음속으로 외쳤던 그 물음은 자신을 향하고야 말았다. 오도 아빠스의 선종에 눈물을 흘렸던 J. 그런 J의 죽음을 뒤늦게 들은 나 역시 그를 위해 울지 않을 수 없었다.

여러 사람들의 증언대로 그는 조직생활의 틀에 딱 들어맞는 사람은 아니었다. 주위의 시선을 별로 의식지 않는 사람이어서 개성이 강하게 보인다. 자기 의견을 말할 때는 눈빛이 날카로워진다. 무심한 듯 툭툭 던지는 말투에 투박함이 묻어나기도 한다. 이런 여러 가지 일들로 J는 독특한 사람이라고 인식되는 경향이 있었다. 하지만 그는 자신의 역할을 대충 한 적이 없었다. 맡은 일에는 최선을 다하는 사람이었다. 그리고 뒤에서 부정적인 말을 뱉어내는 사람이 아니었다. 그는 직장 생활 하는 가운데도 현실에 매몰되지 않고 형이상학적 세계를 바라보고 있었음을 이제야 분명히 알겠다. 그는 나에게 파두의 세계를 알려 주었다. 그리고 여행을 좋아하는 나를 위해 몇몇 책을 추천해 주었건만 제때 챙기지도 못했다. 그와 함께 일하는 동안 그의 진면목을 제대로 알아봐주지 못했다. 그와 마음을 많이 나누지 못한 나의 무심함이 너무나 미안하고 그렇게 흘러가 버린 세월이 안타깝다.

J는 취재 목적 외에도 수많은 미술관·박물관을 찾았으며

넉넉지 않은 형편에도 오디오에 많은 투자를 하였다. 또한 틈나는 대로 여행을 통하여 자신을 성찰하던 사람이었다. 이런 행위들의 밑바탕에는 엄청난 책 읽기가 깔려있다. 음악·미술·여행·영화 등 다방면에 걸친 인문학적 넓이와 깊이를 갖춘 드문 사람이 J였다. 또한 기자 출신답게 그의 글쓰기는 내공이 대단했다. 어쩌면 그가 은퇴 후에 하고 싶었던 것은 일평생 축적해 놓은 자신의 예술에 대한 인문학적 생각을 글로써 풀어내는 일이 아니었을까. 아무튼 우리는 좋은 자산을 제대로 알아보지도 못했고 이제는 영원히 가질 수도 없게 되었다. 그나마 여동생의 노력으로 그가 남긴 글의 일부를 책을 통해서라도 만날 수 있어 다행스럽다. 그의 이름은 전종건이다. 일간 그가 생전에 좋아하던 왜관 베네딕도 수도원의 그레고리안 찬트를 들으러 가야겠다.

3

변혁의 시대

꼬리에 꼬리를 무는 역사 속의 음악

1992년 5월 27일 사라예보의 한 가게 앞에는 많은 사람들이 빵을 사기 위해 줄을 서 있었다. 그 순간 거기에 포탄이 떨어져 22명이 목숨을 잃었다.

유고 내전에 휩싸인 사라예보에서 많은 비극이 벌어졌지만, 특히나 이 사건에 충격과 슬픔을 느낀 한 사내가 다음 날 포탄이 떨어진 그 시각 오후 4시, 바로 그 장소에 나타나 음악을 연주하기 시작했다. 저격수에게 목숨을 잃을지도 모르는 위험에도 불구하고 22일간이나 연주를 계속했다. 그는 사라예보 필하모닉 오케스트라 수석 첼리스트 베드란 스마일로비치Vedran Smailovic였다.

자원과 종교 그리고 민족 간의 갈등과 헤게모니 장악 등으로 근세에 와서도 수많은 비극적 전쟁이 있었다. 그중 유고 내전은 우리에게 더 잔인한 전쟁으로 기억되고 있다. 그 독한 전쟁 중에도 용기를 낸 한 사내의 연주로 인해 잠시나마 총성이 멈추는 결과를 낳았다고 한다. 이 일은 많은 사람에게 감동과 영감을 주게 된다. 미국의 반전가수 존 바에즈는 이듬해 사라예보를 방문해 스마일로비치를 만나 국제적 주의를 환기시키고, 시민들을 위로하였다. 그리고 영국의 작곡가 데이비드 와일드David Wilde는 〈사라예보의 첼리스트〉라는 무반주 첼로 곡을 작곡했다.

이 곡은 1994 맨체스터 국제 첼로 페스티벌에서 세계적 연주자 요요 마에 의해 초연되었다. 조용히 시작된 곡은 죽음 직전의 한숨처럼 잦아들며 끝을 맺었다. 연주를 끝낸 요요 마는 그대로 고개를 숙이고 있다가 객석의 누군가를 가리키듯 손을 뻗었다. 거기에는 그 사람, 사라예보의 첼리스트 스마일로비치가 있었다. 마침내 두 사람은 서로 다가가 힘찬 포옹을 나누었다. 뜨거운 눈물을 흘리며 부둥켜 안은 두 사내를 향해 그제서야 모든 관객도 함께 감격의 눈물 속에 힘찬 기립 박수를 보냈다고 한다.

사라예보의 첼리스트에 대한 이야기를 우연히 접한 캐나다 출신 소설가 스티븐 갤러웨이Steven Galloway는 같은 제목의 소설을 발표했다. 사라예보의 비극 가운데 꽃핀 용기와 음악에 대한 이야기, 일상이 죽음의 경계선이 되어버린 사라예보 시민들의 모습을 매우 리얼하게 담았다. 용기와 자존심을 가진 사람으로 인해 꼬리에 꼬리를 물던 감동적 역사가 이 책

덕분에 온 세상으로 널리 퍼지게 되었다. 아울러 한 음악이 많은 사람에게 더 깊이 사랑받는 계기가 되었다. 〈알비노니의 아다지오〉는 사라예보의 첼리스트가 비극의 현장에서 연주했던 바로 그 곡이다.

2차 대전 직후 이탈리아 음악 학자이자 작곡가인 레모 지아조토Remo Giazotto는 바로크시대 이탈리아 작곡가인 토마소 알비노니Tomaso Albinoni의 작품으로 추정되는 몇 마디의 선율과 베이스 라인, 그리고 일부 화음 표시를 폐허가 된 독일 드레스덴 도서관에서 발견했다. 그는 이것으로 오르간을 바닥에 깔고 2개의 현악기가 연주하는 트리오 소나타 형식의 곡 〈현과 오르간을 위한 아다지오〉를 만들었다. 오늘날 알비노니의 아다지오로 불리는 곡이다.

이 작품은 그 출처가 의심된다, 알비노니와 관계없다, 지아조토의 순수한 창작이다, 라는 말들이 있었지만 바로크시대의 음색을 가진 이 아름다운 음악은 오늘날 많은 사랑을 받고 있다. 특히나 사라예보의 첼리스트 덕분에 평화를 염원하는 대명사로 인식되고 있다. 원작 외에도 오케스트라 버전, 첼로 협주곡 그리고 성악곡으로 널리 불리고 있다. 호세 카레라스도 노래를 남겼지만 최고의 드라마틱 테너 쥬제페 쟈코미니의 노래가 나에게 와닿는다. 이탈리아 베네토 지방의 조그마한 성당에서 녹음한 쟈코미니의 이 노래를 듣노라면 엄청난 소리의 폭풍 속에 가득한 '거룩함'이 가슴으로 물밀 듯이 밀려온다.

　어느 고요한 휴일의 한낮. FM라디오에서 흘러나오는 카라얀 지휘의 베를린 필이 연주하는 알비노니의 아다지오. 그날 그 음악은 나에게 '고귀함' 이란 이런 거야라고 말하는 듯했다. 잊고 살았던 거룩함, 고귀함에 대하여 꾸짖듯 마음속에 파고든다. 그래봐야 사흘도 못 가 이런 세계가 있다는 것을 또다시 잊어버리겠지만, 이 음악은 언제나 거룩함과 고귀함에 대하여 낮은 목소리로 말한다. 사라예보의 첼리스트가 단순히 비극적으로 세상을 떠난 그들을 위한 추모의 뜻으로만 이 곡을 선택하지 않았을 것이다. 이 음악이 가진 힘을 그는 너무나 잘 알았다. 잃어버린 인류애를 찾으라고 알비노니의 아다지오를 통하여 음악의 언어로 절규한 것이다.

청소리(갈대청에 의한 소리)

　　대금을 사전적으로 설명하면 중금, 소금과 함께 신라 삼죽으로 일컫는 가로저의 하나로서 속칭 '젓대'로 통하는 우리 고유의 횡취 관악기이다. 그리고 우리 전통음악에서 대금은 기준 음을 제시한다. 즉 평균율에 의하지 않고 대금의 음(황종)에 모든 악기가 음을 맞춘다. 오방색 중 동서남북의 가운데 즉 세상의 중심을 나타내는 색이 황색인 것처럼 대금의 기준음을 황종이라고 한다. 그만큼 대금은 많은 사랑을 받는 대중적인 전통악기로 국악사운드의 허리 역할을 하는 것이다.

　　어느 날 대금 연주를 듣던 중 이상한 점을 느꼈다. 한 음에 두 가지 소리가 들렸다. 그것이 매우 궁금했다. 혹시 내가 잘못 들은 것은 아닌지 알아본즉슨 그것은 청이 떨리는 소리라 한다. 여기서 말하는 청은 갈대청을 뜻한다. 보통의 대금 소리가 맑고 둥근 소리라면 청에 의한 소리는 찢어지는 듯하면서도 힘차고, 사람의 심금을 울리는 그런 것이다.

　나는 성악을 전공한 관계로 오히려 노래를 들으면서 감동하기가 쉽지 않다. 음악을 감상하는 것이 아니라 자꾸만 분석하며 듣게 되고, 좋지 않은 것에 더 귀를 기울이는 비판적 시각으로 음악을 듣기 때문이다. 그다음, 나는 내한하는 정상급 오케스트라 공연은 형편 닿는 대로 가서 듣는 편이다. 좋은 오케스트라를 들을 때 두 번 중 한 번은 크게 감동한다. 완벽한 균형미와 물샐틈없는 사운드 그리고 지휘자의 멋진 해석은 사람을 감동시키기에 부족함이 없다.

　판소리 하는 사람이 소리를 낼 때 아랫배 깊숙한 곳에서 끌어올려 내는 꽉 찬 소리, 사람의 폐부를 뚫는 듯한 가장 원초적인 소리. 그것을 통성이라 하는가? 아무튼 그런 소리를 들을 때면 언제나 가슴이 요동친다. 가슴속에 한두 가지 아픔을 품지 않고 사는 사람이 있을까? 흔히들 한이 담긴 소리라고 하는 통성을 들을 때 이런 온갖 맺힌 것이 쓸려 내려가며 느끼게 되는 카타르시스가 대단하다. 바로 이런 것을 대금의 '청소리'에서 느꼈다.

　청이란 갈대의 속껍질을 말한다. 대금 연주에 필요한 이것은 민물과 바닷물이 만나는 곳에서 자라는 갈대, 이를테면 순천만의 갈대가 좋다. 그것도 단오로부터 1~2주 지난 때의 갈대가 가장 상태가 좋다고 한다. 뻘밭에 들어가 채취를 하는데, 뿌리로부터 짧은 몇 마디 지난 첫 번째 한 뼘 정도 되는 마디의 속껍질이 으뜸이다. 채취한 갈대 몸통을 날카로운 칼로 살살 빚어낸다. 그래서 나타난 속껍질을 잘 말아서 끄집어낸다. 이것을 밥솥에 쪄서 쓰기도 하지만, 사람에 따라서 그냥 쓰는 것을 더 선호하기도 한다.

이렇게 어렵게 구한 청을 대금의 청공에 아교나 녹각교로 붙여 놓으면 한두 달은 간단다. 은색의 두껍고 질기거나 혹은 얇더라도 질긴 청이 좋은 것인데 이런 것을 은청이라 한다. 나는 대금 연주자가 연주 직전 여기에 입을 맞추기에 좋은 연주를 위한 의식인 줄 알았다. 그게 아니라 습도에 대단히 민감한 청에 입김을 불어 넣기 위함이었다. 연주 중에는 연주자의 호흡에 의하여 촉촉한 상태가 유지되는데 그렇다 하더라도 무대 위의 조명마저 조심해야 할 정도로 이것은 민감하다.

사람의 목소리는 호흡이 기관지를 지나갈 때, 후두 안의 얇은 두 개의 막(성대)이 마찰되면서 소리가 발생하게 된다. 이것을 잘 공명시키면 아름답고 힘 있는 목소리가 되는 것이다. 청은 사람의 성대와 같은 역할을 한다. 대금에 호흡을 불어 넣으면 청이 미세하게 떨린다. 이로 인해 소리가 증폭되고 심금을 울리는 특유의 색채가 만들어지게 된다. 좋은 연주자가 좋은 청에 의한 소리를 낼 때, 이런 완벽한 합이 이루어지는 순간에는 우주가 열리게 되는 것이다. 이런 음악을 들을 때 우리의 귀가 열리고 마음이 열리며 새로운 세상을 볼 수 있게 된다.

겨울 나그네

많은 사람들이 '겨울 나그네'라는 단어를 들으면 슈베르트Schubert의 〈겨울 나그네〉를 떠올릴 것이다. 독일 출신의 빌헬름 뮐러Wilhelm Muller의 시에 곡을 붙인 24곡의 겨울 나그네 중 '성문 앞 우물'로 시작하는 〈보리수〉라는 노래는 음악에 문외한인 사람도 학창 시절 한 번쯤 흥얼거려 봤을 만큼 친숙한 노래다. 실연의 슬픔과 아픔을 가슴 가득 담은 젊은 나그네, 한밤중 아무도 모르게 자신이 사랑하는 이의 집에 작별을 고하고 길을 떠난다. 겨울의 춥고 어두운, 황량한 풍경들은 주인공의 마음속 쓸쓸함과 고통을 그대로 드러낸다. 또한 겨울 여정은 그 자신의 마음이 겪는 은유적인 여행이기도 하다.

오늘날 우리는 슈베르트의 음악으로 인해 위안을 얻고, 그를 위대한 음악가로 부르고 있지만 살아서는 가난과 질병으로 고통받다가 불과 31세의 나이에 세상을 떠난 불행한 천재였다. 이런 슈베르트였기에 우리는 〈겨울 나그네〉를 슈베르트 그 자신의 이야기로 여기며, 그의 음악에 더 깊이 공감하게 된다.

독일 가곡(Lied) 하면 피셔 디스카우Fischer Dieskau와 헤르만 프라이Hermann Prey를 떠올리게 된다. 디스카우는 20세기 가장 위대한 음악가 중 한 명으로 그의 노래는 철학적이며 절제미를 갖춘, 넘볼 수 없는 지성인의 풍모를 가지고 있다. 1948년 〈겨울 나그네〉 독창회를 통해 세계 음악계에 이름을 알리게 된 디스카우는 수많은 오페라에도 출연하며 많은 명반을 남겼지만 그의 음악의 본령은 독일 가곡 연주에 있다. 이전의 성악가들이 창법상 큰 차이점 없이 리트와 오페라를 불렀다면 그는 철학적이면서도 정교하게 리트를 해석해 차원이 다른 음악 세계를 보였다. 이는 2차 세계대전 중 겪은 포로 생활과 굶어 죽은 형에 대한 연민 등에서 체득한 인간에 대한 깊은 성찰에서 비롯되었다고들 한다.

이탈리아의 전설적 테너 디 스테파노Di Stefano가 종전 후 전쟁에 패한 자국민의 자존심을 노래로써 세워 줬다면 독일에서는 디스카우가 그러했다.

디스카우와 독일 가곡 연주의 양대 산맥 중 한 사람인 헤르만 프라이는 여러모로 디스카우와는 다른 길을 걸었다. 디스카우와 달리 프라이는 독일 가곡뿐만 아니라 이탈리아 희극 오페라에서도 불세출의 업적을 쌓았다. 네 살 어린 프라이는 디스카우보다 4년 뒤늦게 첫 리트 독창회를 열었다. 그는 자신보다 앞서가는 디스카우로 인해 고통스러워했으나 특유의 따뜻한 음색과 자연스러움 그리고 낙천적인 면모로 인해 곧 세계음악계의 큰 별이 되었다.

1990년대 초반 이탈리아 밀라노에서 그의 독창회를 본적이 있는데 그의 풍부하고 아름다운 목소리, 특히 우수에 젖은 듯 촉촉한 그의 눈빛을 잊을 수 없다. 1997년 모 잡지와의 인터뷰에서 자신이 관객들에게 사랑받는 이유는 변치 않는 단순성이라고 하였다. 이 말처럼 그는 순수한 자신의 이미지를 구축해 나가며 우리에게 또 다른 기쁨을 준 사람이다.

버려야 할 것은 무엇일까

어느 겨울 휴일, 그날은 이곳 대구에 제법 눈이 쌓였다. 일본의 노건축가 부부의 일상을 담은 영화 〈인생 후르츠〉를 보기 위해 예술영화 전용관을 찾았다. 여느 때와 달리 극장 안은 많은 사람으로 붐볐다. "날씨 때문에 이런가요."라는 나의 질문에 극장 관계자는 "영화관은 역시 영화죠."라며 이 영화에 대한 자신감을 비췄다. 과연 보는 내내 사람을 행복하게 만드는 영화였다. 그리고 겸허하지만 따뜻하게 사는 그들의 모습은 우리 삶에 대한 여러 가지 생각을 하게 했다.

이 영화는 90세 할아버지 츠바타 슈이치 씨와 그의 87세 아내 츠바타 히데코 씨가 50년간 살아온 15평 단층집에서 300평 정도의 집 마당에 키우는 과일 채소들을 돌보며, 소박하고 건강한 음식과 함께하는 그야말로 소소한 일상을 보여준다. 츠바타 슈이치 씨는 유명 건축가이자 국내에도 소개된

『밭일 1시간, 낮잠 2시간』,『내일도 따뜻한 햇살에서』의 저자이기도 하다. 책 제목처럼 밭일도 매일 조금씩 나누어서 한다. 그러기 위해 아예 씨 뿌릴 때부터 시기를 약간씩 차이를 두고 하기도 한다.

한때 한 도시의 도시계획에 깊숙이 관여하기도 했으며 유명대학의 교수까지 지낸 츠바타 씨는 현실에서 부닥친 자신의 이상을 실현하기 위해 직접 집을 짓고 농사를 짓기로 한다. 그것은 바람과 햇빛 그리고 숲이 함께하는 삶이었다. 그래서 건축 당시에는 다 파헤쳐진 신개발지에 15평의 조그만 오두막을 짓고 집 마당에 온갖 작물들을 심는다. 지금은 그 지역 전체가 푸르러졌고 노부부는 집에서 소출된 것으로 건강한 음식을 해먹고 그것들을 돌보는 것으로 자족의 행복을 누린다. 이 모든 건강과 행복의 보금자리는 단지 15평이면 충분하다.

두 부부는 사는 모습을 통해 인생의 지혜를 낮고 담담히 그리고 아주 천천히 보여준다. 물론 그 울림은 결코 작지 않다. 그리고 책 제목 '밭일 1시간, 낮잠 2시간' 처럼 할아버지는 밭일 후 낮잠을 즐기다 고요히 세상을 떠났다. 가끔씩 문상을 다녀보면 츠바타 할아버지처럼 돌아가신 경우를 보게 된다. 그분들의 공통점. 신앙 생활과 매사에 감사하고 욕심 없는 생활에 특히 술을 멀리했다는 것을 알 수 있었다. 아무튼 낡고 비좁은 집이지만 따뜻한 행복이 가득한 일상을 츠바타 씨 부부는 보여준다.

르 코르뷔지에는 건축가, 화가 그리고 디자이너, 많은 저술을 남긴 작가이기도 하다. 나는 건축에 대하여는 무지한 편이라 그의 작품세계는 잘 알 도리가 없다. 사진으로 본 그의 작품은 문외한이 보기에도 대단히 심플하고 아름답다는 것을 느낄 정도다. 다만 그는 여행을 통해 작품세계의 깊이와 넓이를 확장했다는 것이다. "사유가 없으면 건축도 없다." 건축가는 시대의 생각을 남기는 사람이며 "모든 것은 결국 사라지고 만다. 전해지는 것은 사유뿐"이라는 그의 정신세계가 더 큰 관심을 끈다. 특히나 스스로 '작은 궁전'으로 불렀던, 프랑스 지중해가 보이는 곳의 4평짜리 오두막에서 생의 마지막을 보냈던 그의 삶은 행복을 위해 더 큰 것을 찾는 우리에게 많은 것을 시사한다.

19세에 첫 세계여행을 떠났고 24세에 떠난 동유럽과 지중해 여행을 통해 건축가로서의 눈을 뜨게 되었다고 한다. 그 후 독일 여행을 통해 건축이란 '짓다'에서 '디자인'과 '블랜딩'이라는 것을 깨달았다니 그에게는 여행이 정말 중요한 행위였다. 언제나 작은 크로키 수첩을 가지고 다니며 보고 느낀 것을 적고 그렸다. 그리고 사물을 응시하고 관찰했다. 그러면 마침내 발견을 하게 되고 비로소 발명과 창조에 이르게 된다는 그의 말에서 세상을 어떻게 바라보고 살아야 하는지 큰 가르침을 배운다.

그가 과거 설계한 수도사의 방이 4평이었던 것처럼, 그 자신에게 더할 것 없는 완전한 공간인 4평 오두막에서 지중해를 바라보며 살았다는 것에서 행복의 새로운 면을 보게 된다. 세상에서 가장 영향력 있고 유명한 건축가에게 필요한 것은 자신이 사랑한 바다와 단지 4평의 공간이었다. 최근 모 의사 선생도 큰 집과 짐들을 다 정리하고 2층짜리 작은 집을 짓고 그곳에서 살기로 했단다. 군더더기를 버리고 단순하게 살고자 하는 그의 모습에서 작지만 큰 행복이 가득하리란 예감이 든다.

잡다한 것을 버리고 단순하고 작게 사는 것을 통해 평화롭고 여유로운 마음을 가질 수 있음을 이들은 잘 보여준다. 나는 세상의 물욕과 감당하기 힘든 허영을 어깨에 이고 살고 있음을 부인할 수 없다. 나에게 딱 맞는 작은 오두막에서 살기 위해서 버려야 할 것은 무엇일까?

여백의 미

경주 동궁과 월지(안압지)는 신라의 혼적을 느끼며 산책하기에 참 좋은 곳이다. 야경이 특히나 아름답다. 잘 조성된 건축물과 연못이 야간 조명의 힘으로 더욱더 아름답다. 경주 여행의 필수 관람 포인트다. 정갈하게 다듬어진 길을 따라 걷노라면 이곳이 선경이 아닌가 하는 생각마저 든다. 그리고 걷는 내내 은은히 들려오는 퓨전 국악은 이곳의 분위기와 잘 어울린다. 이 음악은 조명만큼이나 이곳을 아름답게 변화시키는 것이 분명하다. 하지만 한편으로는 아쉽다. 아름다움을 극대화시키는 것만큼이나 고요히 사색하며 걸을 수 있는 자유를 주는 것이 더 좋지 않을까. 아무런 방해 없이 내 마음 가는 대로 바라보고 싶다. 나를 계속 따라다니는 아름다운 음악이 뭔가 시선의 강요, 생각의 강요라는 느낌이 슬며시 난다.

신나는 댄스음악과 트로트를 언제나 무료로 들을 수 있는,

그리고 음악에 맞춰 약간의 춤까지 자연스럽게 허용되는 곳은 바로 고속도로 휴게소다. 이런 음악이 싫다는 것이 아니다. 이런 퍼포먼스는 힘든 삶의 공간에서 벗어나 벗들과 함께하는 즐거운 여행길을 더 흥겹게 만들어준다. 운전에 지친 사람들에게 주는 즐거운 자극으로 졸음을 몰아내기도 할 것이다. 그런데 다만 왜 공공장소에서 그렇게 큰 볼륨으로 틀어서 원치 않는 사람까지 반드시 들어야만 하는가! 커피 한 잔을 들고 휴게소 한쪽에서 조용히 휴식할 권리를 누릴 수 없을까.

우리는 너무 친절하다. 공공시설물에는 이처럼 음악이 언제나 흘러나오는 곳이 많다. 이 공간에는 이런 음악이 있어야 한다는 과잉친절(?)의 서비스를 받는다. 몽골 여행 중 한국인이 운영하는 캠프(게르촌)에 잠시 머문 적이 있다. 아무것도 없어서 아름다운 몽골. 초원의 나라 몽골에 자리한 그 캠프에는 경내 곳곳에 작은 스피커가 설치되어 있었다. 그래서 그곳에 머무르는 동안 나지막이 흘러나오는 몽골 음악을 들을 수 있었다. 하지만 그곳에는 음악을 들으러 간 것이 아니다. 그야말로 대초원에서 바람 소리를 들으며 티끌 한 점 없는 하늘을 바라보고 쏟아지는 별빛을 맞으러 간 것이다. 우리의 친절하고 완벽해야만 하는 '그것'을 몽골의 한국인 캠프에서도 마주친 것이다.

나는 예전 여행길에서 소위 말하는 멍 때리는 시간을 참지 못했다. 모든 스케줄을 꽉 채워야 했고 한 곳이라도 더 보기 위해 동분서주, 발을 동동 굴렀다. 그리고 기록을 남기기 위해 연신 카메라 셔터를 눌렀다. 그러나 시간이 흐른 뒤에, 이렇게 애써서 다니고 모든 것을 사진에 담았지만 그 노력에 비해 남는 것이 훨씬 적다는 것을 깨달았다. 오히려 유유자적한 여행의 여운이 훨씬 길고, 그냥 멍 때리다가 고요히 응시한 곳의 잔상이 훨씬 짙게 남았다. 눈을 감으면 다시금 그 시간으로 돌아간 듯한 느낌이 드는 여행은 후자였다.

본시 여백의 미는 우리 것이었다. 그렇게 품격 있고 멋있는 문화 유전자를 타고난 우리가 이제는 비어있는 공간도 채워야만 하고 비어있는 시간은 참을 수 없게 변화된 것은 아닌지. 여백을 부족한 어떤 것, 미완성의 상태라고 생각하는 것은 아닌지. 지금 이 가치는 동서양에서 오히려 전도된 느낌이다. 건축, 음악, 미술 등 문화 전반에 걸쳐 바다 건너 그들이 여백의 미를 훨씬 중하게 여기는 것을 가끔씩 느낀다. 구글, 실리콘 밸리 등 첨단 산업이 있는 곳에서 명상 공부가 활발하다. 오히려 우리가 이런 것에 대하여 더 보수적이지 않은가 하는 아쉬움이 있다. 우리 유전자 속에 있는 여백의 미를 다시 찾아와야 한다. 이런 것이 자연스러운 우리 문화다. 남의 떡만 크게 보고 상대적으로 우리의 여유를 너무 평가절하했다.

음악에 있어 '노래하는 쉼표'라는 말이 있다. 모든 음을 꽉 채워서 노래하기보다 짧은 쉼표에서 소리는 내지 않지만 숨을 참고 다음 프레이즈를 노래하면 굉장히 선율이 아름다워진다. 라인이 훨씬 세련되게 들린다. 이처럼 쉼표는 음표보다 더 중요한 소리를 낼 수 있다. 낮은 정적의 소리야말로 참소리다. 어디 음악뿐이겠는가. 비어있는 공간과 시간은 더 창의적 에너지의 원천이 될 수 있다.

그냥 가만히 두지 못하고 이렇게 해, 그건 안 돼라고 아이들에게 '빈틈' 없이 잔소리 해댄 과거를 반성하며 가야금 산조를 듣는다. 진양조에서 한 음이 덩 하며 흘러나오고 한참이나 있어야 다음 음이 나온다. 음과 음 사이의 무음의 시간이 이렇게 아름다운 줄 내 진즉에 알았더라면….

변혁의 시대

챗GPT가 일으킨 AI 바람이 대단히 거세다. '얼리 어답터'의 반대편에서 살고 있는 나 같은 사람도 실감까지는 아니지만, 뭔가 예사롭지 않다는 정도는 분명히 느낄 수 있다.

연일 관련 보도와 글들이 쏟아져 나오고 있다. 이것들만 읽어도 무슨 일이 일어났는지 앞으로 어떤 세상이 펼쳐질지 대충 감이 온다. 특히 관심이 가는 것은 생성AI가 예술의 영역까지 아우를 수 있다는 것이다.

기록을 찾아보니 제4차 산업혁명이라는 말의 등장과, 이세돌과 바둑 인공지능 알파고의 대결은 거의 비슷한 시기였다. 2016년 이 둘 간의 승부는 당시 큰 화제를 불러일으켰다. 평소 돌바둑이라는 별명으로 불릴 만큼 흔들리지 않는 단단함으로 무장한 세계 최강 이세돌이 이길 것으로 전망되었다. 그러나 결과는 4대 1로 알파고의 승리여서 다들 인공지능의 존재감을 느끼는 계기가 되었다.

그 후 시간이 지날수록 4차 산업혁명이라는 말이 자주 등장하게 되었다. 너도나도 공·사석에서 이 단어를 피력했지만 뭔가 눈에 확 들어오지 않는 모호한 개념 때문에 내용은 알고 말하는지 하는 의구심도 들었고, 점차 식상하기도 했다.

하지만 평소 4차 산업혁명의 중요한 요소인 빅데이터에 개인적으로 큰 관심을 가지고 있었고 이 분야 국내 권위자이신 모 교수님으로부터 자신에게 박사 과정으로 배워보라는 권유도 받았다. 그분이 보내준 입시 요강을 받아보곤 내 능력으로는 일하면서 공부하는 건 어렵겠다는 생각에 곧 포기했지만 늘 관심을 두는 분야였다. 그러나 4차 산업혁명은 먼 나라 이야기처럼 여기며 지내왔는데 그게 아니었다.

눈앞에 보이지는 않았지만 우리가 제대로 인지하지 못한 새 말 그대로 혁명이 일어나고 있었다. 발전된 AI가 요즘 어떻게 사용되고 있는지 그 관련 내용이 수면 위로 떠오르자 정말 놀랄 수밖에 없었다. 건설 현장에서 로봇이 설치하고, 나르고, 마지막에 공중제비로 착지하는 정도는 애교에 불과하다. TV를 보니 로봇이 골프채를 휘두르자 홀인원 된다. 이건 그럴 수도 있겠다. 즉 기계니까 으레 그렇게 정확해야 하는 게 아닌가 싶지만, 어쨌든 감탄하며 그 장면을 보게 된다. 대규모 물류회사에서 AI가 어떤 놀라운 역할을 하는지도 알려진다. 그러고 보니 인지하지 못하는 사이 넷플릭스에서 끊임없이 나의 취향이라며 새 작품들을 들이댔다. 스마트폰으로 어떤 상품을 한 번이라도 검색하면 그때부터 관련 상품 광고가 시시때때로 뜨는 것을 무심히 지나쳤는데, 인공지능은 사람이 인지하지 못하는 동안 우리 발밑에서 엄청나게 움직였다는 반증이다.

특히 그동안 인간의 창의성만큼은 인공지능(AI)이 넘볼 수 없으리라는 '근자감'을 가지고 있었지만 그렇지도 않은 것 같다. 네이버에서 추진한 온라인 쇼핑의 특별 할인 행사를 AI가 처음부터 기획, 상품과 출연진 선정 그리고 홍보까지 다 했단다. 카카오에서는 잡지 표지 디자인, AI가 쓴 시집 출간 등을 해냈다. 이런 종류의 다수 국내 사례 외에 해외로 눈을 돌리면 더 엄청나다.

챗GPT 같은 텍스트 중심 AI뿐만 아니라 그림을 그리고 작곡까지 해내는 AI들의 성능은 과연 그게 '가능할까'라는 의심마저 들 정도다. 곧 대본만 입력하면 영화도 만들 수 있을 거라고 한다. 특히 원하는 정보를 나열만 해주는 게 아니라 사람과 대화하듯이 논리적으로 정리해서 매우 겸손하게 전달하는 챗GPT의 놀라운 활약상은 우리의 근간을 흔들어 댄다.

지금도 놀랍지만 이보다 차원이 다르게 매우 업그레이드된 오픈AI 챗GPT의 새로운 버전, 구글의 20여 종의 생성AI, 국내 기업의 한국형 제품 등 엄청난 모델들이 곧 쏟아진다고 한다. 1~2년의 대혼전 후에는 이들 중 가장 우수한 모델 몇 가지로 정리될 것으로 보인다.

교사, 금융 애널리스트, 낮은 수준의 코딩을 하는 엔지니어, 기자를 포함한 콘텐츠 크리에이터 그리고 그래픽 디자이너가 AI로 대체될 가능성이 높은 직업군으로 뽑힌다고 한다. 이제 이런 직군에서 일하는 사람들은 존재의 증명을 해야 할지도 모른다.

아무튼 대변혁의 시대가 왔다. 생성AI에 의한 순기능·역기능이 공존하겠지만 이것 이전과 이후는 분명 다른 세상이 펼쳐질 것이다. 보이지 않던 영역에서 우리 눈앞에 떡하니 나타났다. 이제 모두가 개인적 일이든, 공적인 영역이든 이것과 함께할 수밖에 없게 되었다.

질문과 선택은 인간의 몫이므로 결국 누가 뛰어난 질문을 할 수 있는 능력을 가졌는지가 중요하리라 본다. 좋은 질문을 위해서는 읽기, 쓰기 그리고 분석하기가 더 중요해졌다. 그리고 새로운 문물을 공부하지 않으면 "우물쭈물하다가 내 이럴 줄 알았지."라는 말을 진짜로 남기게 될지도 모른다.

어디로 가오리까

유치원이 없어지고 대신 고령층을 위한 시설, 일명 '노老치원'으로 리모델링 되는 시대다. 그리고 노인 세대뿐만 아니라 요즘 홀로 사는 사람들이 부쩍 많아져서 1인 가구 천만 시대도 다가왔다고 한다. 1인 가구, 노년 인구 쌍 천만 시대다.

그러다 보니 최근 이런 세태를 반영한 '코리빙Co-Living하우스'가 인기라고 한다. 일종의 셰어하우스인데 이것의 고급버전 같은 것이다. 침실과 욕실 정도만 사적 공간으로 사용하고 나머지 주방, 서재, 운동 시설 등 함께 쓰는 다양한 공용 공간으로 구분되는데 한마디로 '따로 또 같이'다. 즉 방해받고 싶지 않지만 외로운 것은 싫어하는 1인 세대들에게 딱 맞는 공간이다. 최소한의 사적 영역은 보장받고 나머지 공용 공간에서 이웃들과 함께하는 문화에 사람들의 반응이 좋다고 한다.

코리빙하우스는 어떻게 보면 살기 좋은 도시의 전형적 모습이 거주 공간의 형태로 나타난 것이라고 할 수 있다. 우리가 일반적으로 자신이 소유하고 있는 집의 크기를 키우는 데는 여러 가지 현실적 한계가 따른다. 따라서 사람이 인간답게 행복한 삶을 누리기 위한 생활 공간의 필요충분조건을 자기 집 안에 마련하기는 대다수 사람에게 사실상 불가능하다. 도시인들은 대부분 아파트에 거주함으로써 마당과 골목을 잃어버렸지만 사는 집 가까이에 작은 공원이 있어 일상 속에서 마주할 수 있다면 상당 부분 상쇄될 수 있다. 집에 변변한 서재가 없다면 작은 도서관이나 책 읽기 좋은 분위기 있는 카페가 이웃한다면 이 역시 우리의 모자란 곳을 어느 정도 채워 줄 수 있다. 즉 사적 영역을 제외한 공용 공간에 이런 기능을 갖춘 것들이 촘촘히 박힌 도시는 비록 좁은 집에 살더라도 충분히 행복하게 살 수 있다는 얘기다.

홀로 거주하는 사람들이 많아진 시대이다 보니 이런 현실을 감안해 식당문화도 많은 변화가 생겼다. '나 홀로 식사 손님'을 위한 맞춤형 메뉴 구성과 서로 어색한 순간이 되지 않도록 시설을 개선한 식당이 눈에 자주 띈다. 그래서 어쩌다 혼자서 식사하는 사람들도 마음 편히 찾을 수 있는 곳이 많이 늘었다. 그리고 중국집, 분식점, 일본가정식, 설렁탕집 그리고 비빔밥 전문점 등등은 전통적으로 혼밥하기에 아무런 문제가 없다.

하지만 혼밥족들의 공통적 요구는 집밥 같은 것이다. 즉 나물 반찬이 잘 나오는 집, 게다가 간이 심심하면 더 좋다. 그리고 속을 든든히 채울 수 있는 양도 중요하다. 그러다 보니 이런 다소 이기적인(?) 조건을 충족시킬 수 있는 것은 대체로 한식을 기본으로 하는 곳이다. 그런데 이런 곳에서는 1인 메뉴가 있다 하더라도 혼밥하기에 불편한 경우가 자주 생긴다. 물론 한정식집뿐만 아니라 다른 식당에서도 혼자서 밥을 먹으면 눈치 보일 때가 많다.

여러 나라를 다녀보았지만 혼밥하기 가장 불편한 나라가 우리나라다. 기억에 그 어느 나라에서도 혼자서 밥 먹는데 눈치가 보인다거나 어색한 순간이 없었다. 인기리에 방송된 〈고독한 미식가〉는 항상 혼자가 아닌가? 그런데 한국에서는 나 홀로 식사와 관련한 씁쓸한 경험을 종종 하게 된다. 심지어 나의 경우 단골집에서조차 혼밥을 거절당한 적도 있다. 아마도 그것은 우리 한식이 가진 음식과 상차림의 특성 때문일 것이다.

이런 식당의 현실은 충분히 이해한다. 나물 반찬이 많은 우리 음식은 정말 손이 많이 간다. 다듬고 씻고 데치고 무치고 등등 그게 다 노동력이 들어가야 되는 일이다. 한식 1인 상차림과 여러 명 상차림에 반찬 가짓수와 양에 큰 차이가 없다. 게다가 4명이 앉을 수 있는 자리에 혼자 떡하니 차지할 때도 있다. 그러니 주인 입장에서는 1인 손님만 계속 들어온다면 정말 울고 싶을 것이다. 그렇다 하더라도 엄연히 1인 메뉴가 있음에도 불구하고 거부당하거나 눈치를 봐야 한다면 도대체 혼밥하는 사람들은 어디로 가야 한단 말인가?

현실적 대안이 될지 모르겠지만 꽤 알려진 어느 한식당에는 '1인 손님 천 원 더 받습니다' 라는 문구가 적혀있다. 나는 그래서 혼자서 가게 되더라도 이 식당에서는 마음이 편하다. 나 홀로 식사 손님은 이제 시대의 흐름인데 늘 눈칫밥 먹는 것보다 돈을 조금 더 내더라도 마음 편히 먹는 게 좋지 않을까. 물론 추가로 돈을 더 내야 한다는 것이 부담스러울 수도 있다. 하지만 이대로는 곤란하다. 혼밥족들이 자기 돈 내면서 눈치를 본다는 사실은 매우 부당하다. 파는 사람, 먹는 사람 둘 다 비교적 만족할 만한 합의가 필요하다. 복을 짓는 마음으로 밥을 내오고 또한 편안히 먹을 수 있는 새로운 장치가 필요하다.

그대들 빛이 되소서

누군가 이렇게 물었다. "굿네이버스, 유니세프 등 구호단체들은 '당신의 만 원이 바다를 건너가면 아프리카 아이들의 한 달 치 약값이 된다. 당신의 삼만 원 또한 굶주린 아이들의 한 달 치 양식이 된다' 라며 몇만 원의 돈으로 한 생명을 살리는 금전의 가치 변환을 아주 매력적으로 제시한다. 그대들은 세상을 향해 자신의 예술에 대한 가치를 이처럼 구체적으로 보여줄 수 있느냐."

간단명료하고 참 좋은 얘기인데 답하기는 쉽지 않다. 마치 이차원과 삼차원의 세계를 함께 대입해 보려는 우문 같기도 하다. 그러나 세상은 끊임없이 이렇게 물어왔고 현재도 그렇다. 이는 우리나라만의 현상은 아니다. 다소의 차이는 있을지 언정 동서고금을 막론하고 늘 그래 왔다. 세상사 모든 것은 존재의 의의에 대한 답을 늘 요구받는다.

여기에 대하여 우리는 설득력 있는 답을 내놓아야 한다. 한때 유행하던 모 건강음료 광고처럼 "참 좋은데 정말 좋은데 말로 할 수도 없고…"라는 식의 설명은 설득력이 없다. 돌이켜 보면 이미 많은 선배들이 답을 내어놓았다. 그럼에도 불구하고 작금昨今 우리의 대답엔 힘이 실려 있지 못할 때가 있다. 현실의 벽에 부딪히면 예술의 역할에 의문이 생긴다. 과연 이것이 필요한가? 무슨 의미가 있는가? 또한 예술인으로 세상 살기에도 쉽지가 않다. 그렇다 하더라도 예술인은 언제나 빛이 나야 한다. 예술의 특성상, 빛나지 않는 것은 더 이상 예술이 아니기 때문이다.

한때 우리 사회의 키워드였던 '소확행(소소하지만 확실한 행복)', '케렌시아(피난처)'는 앞으로도 계속 회자될 것이다. 다들 그만큼 내면으로부터 안식이 필요하다는 말이다. 그대들의 형형한 아름다움이 더욱 간절한 시대다. 세상은 단지 예술가의 목소리만 듣고자 하는 것이 아니다. 그대들의 빛나는 눈동자와 자신감 넘치는 몸짓을 보고자 한다. 그대들이 빛이 나야만 그대와 그대가 사랑하는 예술의 존재 의의를 설명할 수 있다. 그대들의 환한 빛이 세상을 밝힌다.

최근의 유행어 '갑튀사(갑자기 튀어야 산다)'나, 우리 사회가 흘러가는 세태를 보면 그 말과 행동의 끝이 너무나 얕고 날카롭다. 이런 때 그대들의 곰삭은, 촌철살인의 언어가 필요하다. 오랜 세월 동안 깊은 성찰의 시간을 통해 안으로 삭이면서 숙성되기를, 무르익기를 기다리는 것이 예술이 가장 우선하는 성질이 아닌가. 그리하여 그대의 그릇이 차고 넘쳐, 저절로 흘러나고 또한 그 향기가 천지사방을 감쌀 때 그것을 우리는 예술이라 부르지 않는가. 이런 진짜 예술이 조급증에 빠진 사회, 만연한 날카로운 사고와 언어를 치유하고 완만한 곡선으로 바꿀 수 있다.

그대들은 예술가로 태어났다. 인고의 시간을 견뎌야만 한다. 그리하여 그대들은 내면으로부터 은은히 번져 나오는 아름다운 빛으로 세상을 밝혀야 한다. 이것이 그대에게 주어진 소명이다. 우리는 알고 있다. 그대들의 아픔을. 성원한다. 그대들의 자기 성찰에. 그리고 둥지가 되고자 노력한다.

편지

이병률의 글을 읽다가 그의 시「새벽의 단편」에 잠시 젖어본다. 그의 시집『바다는 잘 있습니다』에 실린 시다. 오랜만에 집어든 시집이라 몇 번씩 곱씹어야 시인의 말이 귀에 들어오는데「새벽의 단편」은 그렇지가 않았다. "어느 긴 밤/ 좋아하는 편지지를 앞에 놓고 앉았던/ 그때는 좋은 시절이었습니다/ 좋은 시절이었다는 말은/ 그 오래된 시간을 부를 수도/ 다시금 사용할 수도 없다는 말과 같습니다 -중략- 편지지라는 말이 사라져버린 세계의 빈 봉투처럼/ 돌아볼 단편의 증거가 없다는 것은/ 접지 않았으니/ 펼쳐야 할 것도/ 봉하지 않았으니 열어야 할 세계가 없다는 말입니다."

이제는 잊혀져 버린 편지에 대한 그리움을 불러일으킨다. 시인 이병률의 글은 여행 산문집『내 옆에 있는 사람』을 통해서 접했다. 사람에 대한 애정 가득한 그의 글만큼이나 가슴 따뜻하게 읽을 수 있는 책이다. 하지만 그의 시집은 그렇게 친절하지가 않다. 적어도 나에게는. 몇 번씩이나 읽고, 뚫어지게 쳐다봐야 겨우 온기를 느낄 수가 있다. 물론 이것은 순전히 나의 탓이다. 함축적인 글보다는 쉽게 풀어 놓은 글을 찾아 읽은 지가 오래되었으니 말이다. 하지만 「새벽의 단편」은 나를 순식간에 수십 년 전 과거로 데려다 놓는다. 편지라는 단어가 주는 따뜻하고 아련한 그 세계로.

나의 이탈리아 유학생활 처음 1년은 가족과 떨어져 있던 시기였다. 사랑하는 사람들과의 이별이 주는 아픔은 작지 않았다. 돌이켜 보면 그래도 그런 가운데 위안이 되는 것은 주고받는 편지였다. 그 당시에는 말할 것도 없고 시간이 지난 후에도 그 편지들을 가끔씩 읽게 된다. 잊고 있던 소중한 순간들이 다시금 살아나는 시간이다. 이메일이나 문자로는 가질 수 없는 가치다. 편지글을 쓸 때 썼다가 지운 채로 보낼 수 없다. 그러니 생각을 많이 하면서 한 글자 한 글자 써나갈 수밖에 없다. 그런 시간이 매우 소중하다. 그런 마음들이 서로에게 전달될 수 있게 하는 것이 편지다. 이제 편지를 쓴다는 것은 거의 사라져 버린 문화가 되었다.

일전에 제주도 이중섭 미술관에서 그가 일본의 아내에게 정갈히 써나간 편지들을 보았다. 우선은 처음으로 일본 문자가 아름답다고 느꼈다. 주고받은 편지에서 부부의 애틋한 정을 느낄 수 있음은 물론이다. 절절한 이중섭의 편지를 통하여 나는 이 위대한 화가의 내면에 한 걸음 더 다가간 듯한 느낌이었다. 모든 청춘들의 심금을 울리던 청마의 편지글. 수십 년에 걸친 청마의 구애 편지는 훗날 그 사람에 의해『사랑하였으므로 행복하였네라』라는 서한집으로 발간되었다. 청마의 작품보다는 이 서한집의 글이 더 인기였으리라 짐작한다.

작곡가 윤이상은 논란 속의 인물이지만 세계적 작곡가임에 틀림없다. 한국음악의 정체성이라는 관점에서 봤을 때 그것의 확립에 가장 가까이 다가선 인물이다. 한국의 정악뿐만 아니라 통영 지방의 민속음악 등을 그의 작품에 녹여 매우 세련되고 매끈하게 만들었다고 본다. 1941년에 만든 "~세세한 사연을 적어 누님께로 보내자"는 노랫말이 아름다운 가곡〈편지〉도 그러한 작품 중 하나다. 윤이상이 유학차 홀로 떠난 독일에서 6년간 매주 한두 차례 아내에게 쓴 편지들이 최근 서한집으로 출간되었다. 다소 낯간지러운 제목 (『여보, 나의 마누라, 나의 애인』)이지만 이 편지들은 두 사람만의 이야기가 아니라 그가 접한 음악과 당대의 예술가들과의 교류 등을 함께 기록했다. 이런 편지글을 통해서 자신의 시간을 정리해 나갈 수 있었다.

그러고 보니 편지는 이별의 시간에 특히 유용한 것 같다.

돌이켜 보면 참으로 소중한 인연들이 나의 무심함으로 인해 더 이상 이어지지 못한 일이 많다. 아주 오랜만의 연락이라면, 마음 가볍게 쉬 말을 건넬 수 없는 사람이 있다면 한 통의 편지가 그 사람과의 간극이나 시간의 흐름에 의한 거리를 메우기에 제격이다. 이제는 미루지 말고 펜을 들어야 하겠다.

변화의 근원, 확신

'얍 판 츠베덴의 베토벤과 차이콥스키', 서울시향 차기 음악감독 얍 판 츠베덴Jaap Van Zweden의 서울시향과의 첫 정기공연은 이틀 내리 온 사람이 많을 만큼, 객석을 가득 메운 관객들의 호응이 대단했다. 한편 이와 달리 이날 연주된 베토벤 교향곡 7번, 차이콥스키 교향곡 4번의 연주 내용이 좀 우려스럽다는 전문가들의 걱정도 있었다. 츠베덴을 45도 각도에서 바라볼 수 있는 자리(마지막 남은 단 한 장의 티켓)에서 공연을 감상한 나는 그의 표정과 움직임을 아주 세밀히 지켜볼 수 있었다. 그때 문득 '아! 이분은 흡사 무용수 같다. 아니면 때로는 그의 발놀림이 권투선수처럼 보인다'는 생각을 하며 음악을 들었다. 그만큼 그는 단원들에게 격렬한(?) 요구를 했다. 왜? 라는 생각과 더불어 나의 군대생활 경험이 잠시 떠올랐다.

포병부대에서 근무한 나는 행정병으로 제대했지만 초반에는 포탄을 직접 쏘는 부서에서 근무했다. 지금은 시스템이 다르겠지만 당시 내가 다루던 야포는 유사시 적보다 먼저 공격하기 위해서 '겨눔대'라는 봉 2개를 신속, 정확히 설치하는 것이 우선이다. 그러기 위해서는 겨눔대 꽂을 자리를 동물적(?) 감각으로 찾아야 한다. 그다음 정밀한 조정을 통해 완벽히 세팅을 해야 하는데 이때 중요한 원칙, 수정 목표치를 향해 조금씩 한 방향으로만 나가서는 늦다. 목표치로 한 번에 나아가 만약 조금 지나치면 다시 뒤로 살짝 돌아가는 방법이 훨씬 빠르다. 세상사 모든 것에 이 원칙이 통하지는 않겠지만 때로는 목적을 달성하는 아주 효과적인 방법이 될 수도 있다. 나는 이번 서울시향을 지휘하는 츠베덴의 모습에서 이때의 경험이 오버랩되었다. 차기 서울시향의 음악감독으로서 그가 추구하는 음악을 찾아 이번에 표현의 극대화를 해본 것이 아닌가 하는 생각이 들었다.

그래서 베토벤과 차이콥스키 음악의 본질에 어긋나는지 나로서는 알기 어렵지만 이로 인해 받는 감동이 컸다. 우선은 풍부한 표현에 자극받지 않을 수 없었고 또한 그의 요구에 적극적으로 반응하는 단원들의 모습에서 느끼는 기쁨도 결코 작지 않았다. 내가 가장 좋아하는 도이치 캄머 필 단원들의 모습이 연상되었다. 그가 단원들을 어떤 식으로 군기를 잡았든 간에 개성 강한 오케스트라 단원들을 움직이게 한 것은 그의 능력이다. 눈치 보지 않고 자신의 음악에 대한 확신으로 성큼성큼 걸어가는 모습은 오랜만에 보는 신선함이다.

예전에 〈바르다가 사랑한 얼굴들〉이라는 영화를 통하여 사진이 만들어 내는 놀라운 변화를 감동적으로 본 적이 있었다. 이 영화를 공동 감독한 프랑스 누벨바그 영화운동의 선구자 아녜스 바르다는 몇 년 전 세상을 떠났지만 또 다른 주인공 JR의 한국 전시회 '제이알: 크로니클스'가 열리고 있다는 소식에 한걸음에 찾아갔다. 그를 뭐라고 불러야 하나? 사진을 다루고 있지만 사진작가라기보다는 사진을 통한 행위예술가라고 정의하는 것이 더 적합하지 않을까? 그는 분쟁지역, 지구상에서 가장 가난한 마을, 중죄수를 수용한 교도소 그리고 평범한 일상이 이루어지고 있는 도시의 건물들을 사진으로 감싸 놀라운 변화를 이끌어 낸다. 익히 알려진 루브르 피라미드 30주년 기념 〈아나모포시스〉외 많은 작품에서 그의 기발한 상상력과 세상의 불합리를 꾸짖는 준엄함 그리고 인간에 대한 진한 애정을 느낄 수 있었다.

파리 근교에서 태어난 JR은 어린 시절 그래피티 작업을 하다가 우연히 주운 카메라(전시장 입구에 전시된 삼성 제품-한참을 기다렸으나 끝내 주인이 나타나지 않았다고 한다)로 인해 사진작업을 시작했다. 그래피티의 또 다른 형태로 그는 대형 사진을 건물에 부착하였는데 메시지를 전달하는 데 탁월했다. 여기서 생긴 궁금중 하나! 사진으로 그런 작업을 위해서는 예산이 꽤나 들 터인데 그가 유명해지기 전까지 어떻게 그것을 감당했을까? 지금도 작품 판매와 자발적 후원 외 기업협찬 등은 일절 사양한다는 그는 당시 친구들의 도움 등으로 작업을 이어나갔다는 도슨트의 전언이었다.

전시장에 적혀있는 JR의 말 "예술은 세상을 바꾸기 위한 것이 아니라 인식을 변화시키기 위한 것이다. 예술은 우리가 세상을 보는 방식을 변화하게 한다." 세상에 대한 따뜻한 시선을 가지고 있는 그는 사진으로만 말을 하고 있는 것이 아니다. 행동하는 지성인이다. 사회, 국가 간 첨예한 갈등과 분쟁의 한가운데서 사진을 통한 다른 시선을 제시함과 아울러 사람들의 적극적인 참여와 개인의 다양한 의견 제시를 끌어내기도 한다. 어려운 시절에도 사진에 대한 확신이 있었기에 오늘날의 JR을 만들 수 있었다.

흔히들 모자란 자의 확신만큼 무서운 것은 없다고 한다. 그러나 확신이 없는 자는 변화를 만들 수 없음도 확실하다. 확신을 가지고 소신껏 살아가는 이는 아름답다.

돌아서 가는 길

오래전 이런저런 이유로 포항을 자주 다녔다. 갈 때는 약속시간에 맞추기 위해 고속도로를 달리지만 집으로 돌아올 때는 가능하면 일부 구간이라도 국도를 이용하곤 했다. 밤이 늦어서야 볼일이 끝나 몸이 피곤하더라도 운치 있는 국도를 즐겨 운전했다. 달이 환하게 밝은 밤에 굽이굽이 안강 재를 넘는 맛은 각별하다. 게다가 밤안개라도 낀 날이면 고개 정상에 있는 휴게소에서 커피 한잔을 하지 않을 도리가 없다. 아무래도 운전하는 시간이 길어지니 더 고단했지만 마음은 한결 여유롭고 또 오가는 길이 즐거웠다. 속도를 선택하면 풍경은 사라지고 삶의 밀도는 낮아진다는 말이 있다. 지금 시대가 요구하는 가치는 '빠르고 정확함'이겠지만, 그래도 한 번쯤 돌아서 가보거나 때로는 느리게 가는 것이 이 세태에도 여전히 유효하고 오히려 더 많이 필요할 것이다.

출판편집인 맥스웰 퍼킨스와 작가 토마스 울프의 실화를 바탕으로 한 〈지니어스〉라는 영화를 통해 글을 쓴다는 아름 다움을 느껴본 적이 있다. 독자에게 읽히는 책, 설득력 있는 글을 쓰기 위한 천재 작가와 완벽주의 편집자의 열정적 노력, 대화와 공감 속에 문장들이 다듬어지고 걸작이 만들어지는 과정은 감동적 장면이다. 하지만 이보다도 나에게 더 인상적 이었던 것은 교외의 집에서 기차로 출퇴근하는 맥스의 생활 패턴. 이런 느림의 시간이 있었기에 울프의 원고를 제대로 발 견할 수 있었으며 또한 여유와 깊은 성찰의 시간을 통해 작품 을 꿰뚫어 보는 힘을 잃지 않게 된다.

우리는 문화예술에서 창의력을 얻을 수 있다고 얘기들을 한다. 그것이 맞다면 그 이유는 다름 아닌 '돌아서 가는 것' 에서 나온다. 뭔가 깊이 생각해야 하고, 답을 찾아야 할 때 가 끔 잠시 하던 일을 멈추고 책을 찾는다. 그것도 내가 관심 있 는 분야가 아닌 책을 골라서 읽다 보면 갑자기 찾던 답이 떠 오를 때가 종종 있다. 창의력이 있다는 말은 절대 아니지만 공연을 볼 때도 마찬가지, 그래서 늘 메모장을 지니고자 하는 편이다. 창의적 생각은 직선이 아닌 우회적 경로를 통해서 나 온다. 생각과 표현의 통로, 그 거리가 지나치게 한쪽이거나 짧아서는 원하는 곳에 다다를 수가 없다. 문화예술을 통해서 우리는 우회의 미덕을 경험할 수 있다.

여러 해 전에 모 지역의 구치소장을 만난 적이 있다. 구치소 내 재소자를 대상으로 하는 중창단을 만들기 위해 나에게 도움을 청하는 자리였다. 그는 영화 〈하모니〉의 주인공이었던 청주여자교도소 합창단의 서울 공연에 관계한 인연과 또 다른 지역의 교도소장을 지낼 때 만든 합창단으로 인해 그 자신이 감동받았고 음악이 가진 힘을 보았다. 그때 절실히 느낀 것이 음악이야말로 그들을 교화시킬 수 있다, 교정시설의 힘든 생활에서나마 그들이 음악을 통해서 위로받고 자신을 돌아보는 시간을 가졌으면 한다, 그래서 중창단을 만들고자 한다는 얘기였다. 그때 그가 음악에 대한 확신과 우회의 기능을 나보다 먼저 발견한 모습에서 음악을 전공한 사람으로서 기쁨보다는 부끄러움을 먼저 느꼈다.

철학자 김정운(나름 화가, 여러 가지 문제연구소장)은 『에디톨로지』라는 책에서 이렇게 말했다. "새로운 창조는 없다. 이미 있는 것들을 잘 편집하고 연결하는 것이 창조다. 이는 창의력에 기반한다." 초연결, 초지능을 특징으로 하는 4차 산업혁명 시대에 첨단 정보통신기술을 기존의 것들과 융합하고 결합하기 위해서는 창의력이 필수다. 과거보다 앞으로의 시대에는 더 절실히 요구된다. 최근 실리콘밸리에서 확인 되는 것은 예술과 인문학이 의학, 공학만큼 중요하다, 이를 통해서 엄청난 역사가 일어났고, 앞으로는 선택이 아니라 생존에 필수다라는 기류다.

문화예술을 향유함으로 인해서 자기성찰의 기회를 가지고 창의력을 키울 수 있다면, 또한 앞으로의 시대에 이러한 것들이 꼭 필요하다면 지금 사회에는 모두에게 그 기회가 열려있다. 다만 문화예술에 종사하는 예술가와 관계자부터 이러한 순기능에 대한 인식과 확신이 있어야 할 것이다. 여기에 헌신하는 사람들은 예술 그것만 바라본다. 이러한 자세야말로 예술이 존재하고 발전해 온 근간이고 아름다운 일이긴 하지만 누군가 왜? 라고 묻는다면 이러한 것을 자신 있게 제시할 수 있어야 한다고 본다. 지금 우리 사회는 정말 초스피드 시대이며 꽉 짜인 틀 속에서 움직여야 하는, 여유가 없는 세상을 살고 있다. 이러한 때에 한 번쯤 돌아서 갈 수 있는 여유를 문화예술을 통해서 가지기를 권하고 싶다.

4

봄날은 간다

나를 위로하는 글

책 한 권으로 인해 큰 위로를 받은 적이 있다. 쉬 해결되지 않을 것 같던 내 마음의 감기가 한 권의 책과 글을 쓴 작가의 이야기를 통해 뜨끈하게 풀어지면서 마음 속 평화가 다시 찾아들었다. 나는 평소 스트레스를 크게 받지 않는 성격이라고 자부한다. 주위로부터도 멘탈이 강하다는 말을 자주 듣는 편이다. 그래서 튼튼한 몸과 마음을 물려준 부모님에게 늘 감사한다. 아무리 힘든 일이 닥치고, 도저히 해결할 수 없을 것 같은 어려움에 밤잠을 이루지 못하더라도 아침에는 항상 기분 좋게 일어난다. 깨어난 지 불과 일이 분 후에 갑갑한 절망감이 쏴 하고 밀려오더라도 아침에 눈을 뜰 때는 항상 그렇다는 말이다.

이런 생활이 흐트러진 적이 있었다. 어느 날부터 꿈을 꾸기 시작했다. 보통 때는 아주 선명한 꿈을 어쩌다 간혹 꾸는 정도였다. 그러던 것이 매일 밤새 꿈을 꾸는 것이었다. 밑도 끝도 없는 꿈이 계속 이어지게 되니 급기야 잠자리에 드는 것이 두려워지기 시작했다. 또다시 밤새 계속될 꿈이 부담스러웠다. 이런 날이 계속되더니 드디어 우울감이 찾아왔다. 슬프고 고통스러울망정 일평생 우울하다는 느낌 없이 살아왔는데, 아! 매우 곤란했다. 계속 이렇다면 남은 생이 걱정이라는 생각까지 들게 되었다. 이러던 중에 시인 문태준의 글과 이야기를 접하게 되었고, 이를 통하여 맺힌 매듭이 툭 하고 끊어지는 것처럼 마음의 응어리가 풀리더니 우울감이 점차 사라지게 되었다. 이제는 잠도 푹 잔다. 꿈도 꾸지 않고….

김천 태생의 시인은 두 해쯤 전에 제주 애월로 이주해서 아내가 태어난 옛집을 허물고 방 두 칸에 작업실 하나를 새로 지어 문정헌文庭軒이라 이름 짓고 제주살이를 시작했다. 시인에게 타향살이는 만만치 않았다. 낮에는 제주 불교방송에서 직장생활, 퇴근하면 돌 쌓고, 풀 뽑고, 농약 치고, 가지 치는, 완전히 노동하는 몸으로 살았다 한다. 자연과의 교감을 주로 노래하는 시인이지만 제주의 자연은 낭만과 동의어가 아니었다. "내륙의 자연과 달랐다. 밤은 길고 깊다. 외롭고 고립된 섬처럼 고독감이 밀려오곤 했다." 그는 30년 가까이 시인으로 살면서 시를 태어나게 하는 조건이 있다는 걸 알게 되었다 한다. "맨손 맨발로 군은살 박으면서 세상을 바라봐야 한다. 제주살이는 시가 내게 찾아올 수 있도록 나를 세우는 일이었다.

빈 마당에 혼자 서 있을 수 있는 유일한 시간인 새벽마다 시 쓰려 끙끙 앓으면서 첫 문장을 기다린다."

나는 이 말에 큰 위로를 받았다. 누구나 외로움과 고통은 피할 수는 없는 일, 그것을 온몸으로 받으면서 묵묵히 살아가고 있다. 연약해서는 이것을 극복할 수 없다. 부닥치고 그로 인해 상처가 생기더라도 그것을 받아들이고 이겨내야 하는 것이 인생인 것이다.

문태준 시인은 제주살이 일 년여의 시간 후 산문집 『나는 첫 문장을 기다린다』와 시집 『아침은 생각한다』를 펴냈다. 제주의 사계절 동안 노동과, 이전에 비해서 단순해진 삶 속에서 그리고 이웃들과 교감하며, 고요히 때로는 고독 속에 지켜본 자연과 사람들의 이야기를 풀어냈다. "문장을 얻는다는 것은 새로운 마음을 얻는다는 뜻이다. 비록 혼자의 밤과 고립은 힘에 겹지만, 문장이, 새로운 마음이 오길, 첫 문장이 빛처럼 오길 다시 기다린다." 시인이 펴낸 시집과 산문집은 풀어내는 언어의 형식은 다르지만 자연과 사람을 바라보는 시선의 결이 흡사해 읽어 나가는 따뜻한 질감은 매우 비슷하게 다가온다. 사계절과 4부로 각기 나눈 형식에서부터 그렇다.

"바다는 매일 다른 표정을 보여준다. 그러면 그 바다들은 내 가슴속에서도 어느 날은 잠잠하고, 어느 날은 거세게 출렁인다. 나는 바다의 다양한 풍경이 우리 삶의 그것과 다르지 않다고 생각한다. 바다는 내 내면을 매일 신선한 상태에 있게 한다. 문제는 일상의 변화를 어떤 자세로 받아들이는가에 있지 않을까 싶다." 그는 이에 대하여 한마디 덧붙인다. "물론 은근하게 마음을 갖기는 매우 어려운 일이다. 그러나 우리는 영혼을 가꾸는 일을 포기해서는 안 된다. 바깥의 신선함이 마음에 들어와 살고, 그리하여 내면이 물 흐르는 듯하고, 과잉에 이르지 않는 것. 이것이 우리가 가꾸어야 할 영혼의 면모가 아닐까 싶다."

그가 어떤 연유로 제주살이를 시작하게 되었는지 알 수 없다. 그러나 낯선 곳에서 매일 새벽 맞이하는 절대 고독 속에 그의 글은 움트고, 매우 부지런하고 말수가 적으며 화를 내지 않는 돌담 너머 이웃들과의 교감 속에 그의 시선은 깊어지고 따뜻해졌으리라 짐작한다. 나에게 위로와 치유의 경험을 하게 한 작품은 그런 가운데 탄생되었다. 한 사람의 고독 속에 태어난 아름다운 글이다.

봄날은 간다

봄날은 간다. 입하도 지났으니 봄이 다 간 건가? 아무튼 '연분홍 치마가 봄바람에'로 시작하는 〈봄날은 간다〉라는 이 노래는 한국의 유명 시인 100명이 현존하는 대중가요 중 가장 아름다운 노랫말로 꼽은 곡이다. 또한 많은 가수가 리메이크하여 불러서 지금도 우리에게 많은 사랑을 받고 있는 명작 가요라고 할 수 있다.

지금은 세상을 떠나셨지만 오랫동안 병석에 누워 투병생활을 하셨던 우리 어머니께서도 참 좋아하셨던 노래다. 당신께서 직접 부르는 것을 좋아하셨던 것이 아니라 침대 머리맡에 앉아 귀에다 대고 내가 이 노래를 불러주는 것을 좋아하셨다. 자리보전하고 누워만 지내게 되면서 급격히 의식이 흐려졌고, 사람을 잘 알아보지도 못하는 지경에 이르렀지만 "노래 한 곡 불러줄까?"라고 하면 빙긋이 미소를 지으며 고개를 끄

덕이곤 하셨다. '꽃이 피면 같이 웃고 꽃이 지면 같이 울던 알뜰한 그 맹세에 봄날은 간다'라고 조용히 불러드리면 희미한 목소리로 "참 잘한다."라고 화답하곤 하셨다. 이 노래의 영향 때문인지 나에게 봄날은 연분홍빛으로 비춰지고, 그 빛깔은 언제나 애잔한 느낌을 준다.

우리에게 봄날의 짧은 호사를 누리게 해주던 벚꽃도 때맞춰 피었지만, 세찬 비바람에 눈처럼 지면에 쌓이면서 또 그렇게 우리 곁을 떠났다. 이청준의 단편소설 「눈길」이 문득 떠오른다. 소설은 휴가 나온 아들을 위해 어쩔 수 없이 팔았던 집을 집주인에게 부탁하여 아직 그대로인 양 아들과 함께 그 집에서의 마지막 밤을 보내게 되는 내용을 담고 있다. 이미 아들도 집이 팔린 것을 눈치채지만 애써 모른 척하고, 새벽녘 귀대를 위해 어머니와 함께 눈길을 헤치며 신작로까지 간다. 어머니는 그 눈길을 눈물 쏟으며 되돌아가는 장면이 있다.

이 글을 읽고 눈시울을 붉히지 않을 자식이 있을까. 그런 속 깊은 사랑을 받아 놓곤 모른 척, 잊은 듯, 그런 부채가 없는 듯 적당히 무시하며 살지 않았던가. 나 역시 어머니를 생각하면 한없는 회한에 휩싸이고 애달픈 마음 가눌 길 없다.

계절마다 피고 지는 봄꽃처럼 우리 인생도 그렇게 명멸하리라. 그것이 세상의 이치고 거역할 수 없는 순리겠지만 그래도 무심히, 야속하게 떠나가 버리는 봄꽃과 인생은 늘 애잔하기만 하다. 가는 이 봄날이 서럽긴 하지만 뭐 어쩌겠는가, 우리는 져버린 봄꽃을 그리워하고 찬란한 여름을 맞으면서 다음에, 이다음에 만날 봄꽃들을 기다리며 그렇게 봄날을 보낸다.

슬픔에 대하여

아마도 슬프길 원하는 사람은 없을 것이다.

누구나 슬픔에, 참을 수 없는 슬픔에 속눈물을 삼키길 원하지 않을 것이다. 그런데 슬픔에는 정화와 치유의 효능이 있는 듯하다. 그 슬픔에는 인과관계가 있을진대, 그것을 돌아보면서 그러한 결과를 낳은 것에 대해 반성하고 슬퍼하는 그 순간에 사람은 누구나 선해질 수밖에 없는 것 같다.

슬픔에는 여러 가지가 있겠지만 참척慘慽의 슬픔이 가장 가혹한 것, 인간이 차마 감내하기 힘든 것이 아니겠는가. 타계한 작가 박완서를 잠시 떠올려 본다. 그분은 일평생 죽음과 가까이 있었다. 전쟁 통에 가족을 잃고 단지 살아남기 위해 온갖 수모와 만행을 견뎌야 했다. 불혹의 나이에 혜성처럼 등단하여 가슴에 쌓여 있던 응어리를 글로써 표현하여 많은 사람들의 심금을 울리고 감동을 줬다. 그러던 와중에 남편과 아들을 몇 달 사이에 잃고, 그래도 살고자 꾸역꾸역 입에 밥을 넣는 본인의 모습에 한없이 괴로워하던 분이었다. 그러한 참척의 고통 속에 이해인 수녀와의 대담을 묶은 산문집『대화』를 펴냈고, 더 맑아진 영혼으로 아름다운 글을 우리에게 선사했다. 슬픔은 참으로 아프고 피하고 싶은 것이긴 하지만, 고통 속에 생명이 탄생하는 것처럼 우리를 거듭나게 해준다.

되돌아보면 내가 가장 슬펐을 때 가장 너그럽고 세상에 대한 이해의 폭이 넓었다. 그런 순간에는 이해하지 못할 일이 없고, 수용하지 못할 상황이 없을 것 같았다. 그 슬픔을 의미 있고 가치 있는 것으로 승화시키고 싶었고, 또 그러할 수 있다고 자신했건만 시간이 지나감에 따라 서서히 치유의 효능이 엷어지게 되고, 애써 외면하며 잊은 듯 지내게 된다.

그리고 세상살이가 그리 만만치 않은지라 뒤를 돌아볼 마음의 여유도 그리 생기질 않는다. 지금 해결해야 할 일, 앞으로 닥칠 일들을 생각하고 그저 하루하루를 쫓기듯 보내게 된다.

슬픔에는 치유의 효능이 있다고 하더라도 다시 돌아보기는 누구나 싫을 것이다. 하지만 그것 역시 나의 인생이고 역사이며 현실이었는데 거기서 반성하지 못하고 교훈을 얻지 못하며 그로 인해서 우리의 삶이 더 아름다워지지 못한다면, 어쩌면 그 슬픔은 너무나 허망한 것이 아니겠는가! 나는 다시 돌아보고자 한다. 다시 슬픔의 세계로 빠져 버리려 한다. 그래서 자학하듯이 스스로 고통의 상념에 잠기게 되더라도, 그렇게 해서라도 슬픔을 가치 있는 것으로 승화시킬 수 있다면, 조금 더 가치 있는 삶을 살 수 있다면 기꺼이 슬퍼지고 싶다.

가을과 음악

학창 시절 이루지 못하는 사랑에 괴로워하며 불면의 밤을 보낼 때면 나를 위로하던 음악, 쇼팽의 피아노 협주곡 1번 e단조, 촉촉이 내리는 가을비, 그 빗방울 소리처럼 내 영혼을 두드리고 적셔주는 피아노 소리, 특히 1악장은 LP음반이 닳도록 반복해서 듣고 또 들었다. 세월이 흘러 그때의 추억은 희미해졌지만 나를 위로해 주던 그날의 그 음색은 아직도 너무나 선명하다. 그 많은 날의 한숨 소리도 어제인 듯하다. 분명 그날들은 고통이었지만 쇼팽의 음악으로 인하여 오히려 아름다운 추억으로 남아있다. 지금도 그 음악을 들노라면 다시금 그 시절로 돌아간 듯한 느낌이 든다. 또한 그의 음악은 세월이 흘러 무뎌진 내 영혼을 쟁기질하듯 돌멩이를 가려내고 부드럽게 만들어 준다.

본디 낙천적 성격이라 계절을 잘 타지 않지만 가을이 깊어

지면 가슴이 텅 빈 듯한 느낌이 들곤 한다. 이럴 때면 쇼팽의 피아노 협주곡 2번 f단조의 2악장을 즐겨 듣곤 한다. 조금씩 스산해지는 거리의 모습과 내 몸을 훑고 지나가는 바람에 낙엽은 한잎 두잎 지기 시작하는 계절. 그 풍경을 그려 놓은 듯한 쇼팽의 음악은 우수에 젖기 쉬운 가을을 풍요롭고 서정적으로 만들어 준다. 부는 바람에 낙엽이 거리를 날아다닐 때 이 음악을 듣노라면 그의 음악은 나에게 말을 건네고 나를 다독거리고, 또한 텅 빈 내 가슴을 채워준다. 뭔가 상실감을 느끼기 쉬운 이 계절을 아름다운 시선으로 바라보게 해준다. 그래서 쇼팽의 음악과 함께하는 이 계절을 더 사랑하게 된다.

세상을 살다 보면 어찌 좋은 일만 있겠는가, 크고 작은 일에 일희일비하는 것이 우리 인간이지만 그래도 감당하기 힘든 슬픔에 빠지는 순간이 온다. 누구나 그런 슬픔을 안고 있지만 잊은 듯이 지내다가 그것은 인생의 모퉁이마다 불쑥불쑥 다가오게 된다. 특히 가을은 우리에게 더 자주 그런 순간들을 안겨 준다. 슬픔은 분명 피하고 싶고 또 고통에 가까운 감정이지만 세상 모든 것이 그렇듯 슬픔에도 순기능이 있다. 슬픔에 잠기는 순간에는 분명 우리는 더 선해지고 세상에 대한 이해의 폭이 넓어진다. 평소 거리를 두던 사람도 더 살갑게 느껴지고 대척점에 서 있던 사람도 나를 위로해 줄 것만 같다. 세상살이에 지쳐 삭막해져 있는 영혼을 순화시켜 주고 다시금 나를 돌아볼 수 있게 정화시켜 준다.

그러나 그렇다 하더라도 마냥 슬픔에 젖어 있을 수는 없는 일. 그럴 때면 브람스 교향곡 1번 C단조를 찾는다. 브람스는 베토벤을 의식하여 그를 뛰어넘고자 노력하여 무려 21년이나 걸려 1번 교향곡을 완성했다. 평론가로부터 베토벤 9번 교향곡의 뒤를 이을 작품이라는 뜻에서 제10번 교향곡이라고 불렸던 이 음악은 나에게 특별한 의미가 있는 작품이다. 그의 우수에 찬 음색과 강물 같은 흐름을 좋아한다. 어느 날 불쑥 다가온 슬픔에 잠길 때면 브람스의 이 음악을 틀어놓고 내 몸을 맡긴다. 가슴을 울리는 그의 리듬과 유장한 흐름은 큰 강물처럼 나를 싣고 가는 것 같다. 때론 거센 소용돌이처럼 몰아치다가 또 어느 순간 고요한 흐름으로 다독여 준다.

이 교향곡을 너무 좋아해서 지휘자용 스코어를 구해서 악보를 보며 즐길 때도 있다. 이렇게 분석하며 듣노라면 아무래도 그 아름다움이 줄어든다. 그래서 그냥 눈을 감고 가장 편한 자세로 그의 음악을 듣는 것을 더 좋아한다.

늦가을 찬바람이 불기 시작하면 차이콥스키의 음악이 그리워진다. 그는 우리 한국인에게 사랑받는 4, 5, 6번 포함 총 6편의 교향곡을 남겼다. 특히 5번 교향곡은 나에게 바람, 늦가을의 찬바람으로 다가온다. 그중 1악장 〈Andante- Allegro con anima〉 도입부의 목관의 울림, 그 선율과 색채는 바람과 다름없다. 최명희의 『혼불』 첫머리에 대숲에 이는 바람을 잘 묘사해 놓은 것처럼.

자작나무 숲 사이로 부는 광활한 시베리아의 바람 소리, 그 바람이 밀려온다. 그 목관의 바람 소리는 점차로 전개되어 나가고 고요한 미풍에서 현악, 금관의 가세로 점차로 거세지며 온몸을 휘감아 내 마음이 광활한 그 벌판에서 요동치도록 이끌어 간다. 그러나 그 큰 흐름은 강약을 조절해 가며 또한 빠르기 조절을 통하여 호흡을 가다듬게 만든다. 그런 가운데 그 바람을 뚫고 한 줄기 따뜻한 옛이야기 같은 아름다운 멜로디가 번져 나오며 점차 확장되어 나간다. 마치 생각의 나래가 커져 가듯이, 마치 큰 물결이 일렁이며 나를 흔들듯.

점차 강해지는 금관의 포효 속에 내가 잠길 듯하다가 다시금 현의 피치카토가 분위기를 바꾸며 차이콥스키의 아름다운 선율이 들판의 봄 아지랑이 속으로 데려간다. 이때쯤이면 나는 우아한 몸짓으로 걷고 있는 것 같다. 점차로 빠르게 전개되던 멜로디가 묵직한 리듬으로 바뀌며 현과 팀파니가 고요히 마무리 해가는 가운데 긴장과 이완의 반복 속에 조금은 거칠어졌던 숨을 길게 내쉬게 된다.

우리는 위대한 작곡가들의 작품으로 인해서 마음의 위로를 받고 인생의 모퉁이마다 우리를 힘들게 하는 일상들에서 이겨나갈 힘을 얻는다. 얼마나 자주 이들의 음악을 듣게 될지는 모르겠지만 나를 정화시켜 주고 위로해 주는 그들의 음악을 사랑하고 또 그로 인하여 아름답고 풍요로운 날들을 보내고 싶다.

어느 가을날

여행이라 하면 준비도 많이 해야 하고 시간과 경비도 적잖이 들기에 다들 그 기대만큼 부담도 느끼게 된다. 하지만 약간만 생각을 달리하면 큰 부담 없이 다양한 여행을 즐길 수 있다. 나의 여행 콘셉트는 일상에서 벗어나 자유로움을 느끼기 위해 마음 편히 다녀올 수 있는 것을 우선으로 한다. 집 가까운 곳을 다니면서 여행의 맛을 느끼기도 하지만 아무래도 여행의 백미는 길을 떠나는 것이 아니겠는가. 그래서 틈나는 대로 집을 나선다. 다만 쫓기지 않고 그야말로 유유자적하고 싶다. 그래서 세운 나름의 원칙이 혼자서, 가능하면 대중교통을 이용해서, 그리고 많이 걷든지 아니면 한곳에 머무르며 조용한 시간을 가질 수 있는 여행이다. 그렇다고 해서 늘 혼자만 다니는 것은 아니고 가족들 또는 여럿이 어울려 하는 여행도 즐긴다.

몇 해 전 어느 가을날 길을 나섰다. 동대구역에서 오랜만에 무궁화호를 타고 불국사역으로 향했다. 걸리는 시간은 1시간 반 정도, 요금은 5,700원. 이 가격은 아직도 그대로다. 어린 시절 시골 외갓집이나 타지로 갈 때면 버스, 기차 모두 완행을 이용했고 멀리 서울쯤 가야 타는 것이 좀 더 빠르고 편한 기차 무궁화호였다. 그리고 특별한(?) 경우에나 탈 수 있던 것이 새마을호다. 요즘은 대부분 고속열차를 이용하다 보니 그저 빨리 이동하는 것에 만족하게 된다. 어쩌다 창밖을 쳐다봐도 그저 먼 산이나 바라보게 된다. 그마저도 대부분 창 가리개를 내려놓아 밖을 내다볼 수도 없다.

무궁화호에서 바라보는 가을 풍경은 매우 다르다. 속도도 훨씬 늦고 고속철로 주변처럼 차단 시설이 별로 없어 지나가는 주변의 나무들이 손에 닿을 듯하다. 가을빛에 물들어가는 나뭇잎의 색깔이 너무나 선명하게 보인다. 천천히 스쳐 지나가는 시골 마을도 평화롭고 정겹게 다가온다. 정차하는 역사들의 단정하고 정갈한 모습들을 찬찬히 지켜볼 수 있는 것은 덤이다.

역에서 불국사까지 걸어서 3~40분이면 가지만 도중에 여기저기 기웃거리다 보면 한 시간쯤 걸린다. 단풍이 들 무렵엔 어디든 아름답지 않겠냐만 색색의 단풍과 불국사 경내 석축, 돌담의 조화가 절간답지 않게 화려함의 극치다. 특히 불국사 초입의 조그마한 연못에 비치는 하늘과 곱게 물든 가을 나무는 바로 이곳에서만 볼 수 있는 색의 향연이다.

불국사를 나서서 토함산을 올랐다. 산을 오르다 보니 비가 오기 시작하지만 날이 궂으니 더 좋았다. 좌우로 늘어선 소나무의 향이 훨씬 짙어졌다. 적당한 경사의 산을 오르노라니 제법 땀이 나고 숨소리가 거칠어졌다. 그때쯤 어디선가 종소리가 은은히 들렸다. 석굴암 주차장에 위치한 대종 소리다. 이정도 거리만 걸어도 충분하기에 발걸음을 돌렸다.

한적한 불국사역 대합실, 여대생으로 보이는 아가씨 두 사람만 있었다. 올 때도 생각했지만 단풍철 휴일에 나처럼 기차를 이용해 여행하는 사람이 많으리라 예상했는데 전혀 뜻밖이었다. 아무튼 고요하니 더 좋았다. 비에 젖은 플랫폼으로 들어오는 야간열차, 우리의 눈에 익은 정겨운 추억의 장면이 아니겠는가. 노곤한 몸을 의자에 기대 깜빡 잠에 들었다 깨니 벌써 동대구역이었다. 저렴하게, 느긋하게 가슴 가득 가을의 서정을 담은 나의 어느 가을날이었다.

누군가 말했다. 자신의 '창작의 문을 여는 열쇠 3가지, 첫째; 오롯이 혼자 있는다, 둘째; 머리를 비운다, 셋째; 여행을 떠난다' 나는 혼자서 느긋하게 떠나는 여행이 바로 여기에 해당한다고 믿는다.

오만 원 클럽

가끔씩 '오만 원 클럽'이라는 이름으로 여행을 떠난다. 모임의 기본 조건은 이렇다. 대구를 떠나서, 그 계절에 맛볼 수 있는 건강한 먹거리(이것이 첫째 조건이다)를 찾고 두어 시간 걷기 좋은 길이 있는 곳으로 떠난다. 이름에서 알 수 있듯이 서너 명이서 각자 오만 원씩 경비를 부담한다. 이 돈으로 교통비와 점심 저녁을 해결할 수 있을 정도의 거리와 메뉴를 정한다. 물론 고정 멤버는 없다. 계절 따라 몇몇이서 의기투합하여 맛있는 음식과 낯선 풍경을 찾아, 걷는 기쁨을 누리려 떠난다.

새해 들어 첫 여행지를 부산으로 정했다. 그날따라 초미세먼지가 심했지만 길을 나섰다. 애당초 거제 방면으로 갈까 했지만 우연히 부산에서 두 분이 합류하게 되어 그곳의 먹거리와 풍광을 즐기기로 했다.

최백호가 부른 〈청사포靑沙浦〉라는 노래가 있다. "해운대 지나서 꽃피는 동백섬을 지나서, 달맞이 고개에서 바다로 무너지는 청사포…" 청사포 가는 길 안내 같기도 한 이 노래 가사 '바다로 무너지는' 표현처럼 달맞이길에서 언덕 아래로 내려가면 빨갛고 하얀 쌍둥이 등대가 아름다운 청사포가 나온다.

최백호의 말에 의하면 6~70년대 청사포는 부산에서 외진 곳이라 버스가 일찍 끊겼다. 그래서 오히려 청춘들의 데이트 장소로 인기였단다. 〈청사포〉라는 곡은 이곳의 변한 모습과 그 시절 젊은이들의 사랑을 노래한다.

해운대 끝자락 미포에서 청사포로 가는 길은 세 갈래다. 옛 동해남부선 폐선로를 따라 걸어가는 길이 인기 코스다. 다만 지금은 초입에서부터 공사로 길이 막혀있다. 달맞이길 큰 길로도 갈 수 있다. 이 길 따라 핫 플레이스들이 죽 늘어서 있다. 그리고 달맞이길 중간에서 갈맷길로 접어들면 발 아래 바다를 두고 제법 울창한 숲길을 걸을 수 있다. 이렇게 걷다 보면 곧 쌍둥이 등대가 보인다. 이곳에서부터 본격적인 등대 여행도 가능하다.

동해와 남해가 만나는 '대변항大邊港' 이곳은 분위기가 젊다. 화려하지 않지만 소박하고 깔끔한 예쁜 카페들이 인상적이다. 특히나 이제 사회생활을 시작하는, 젊은 부부처럼 보이는 사장님들의 세련된 모습이 안쓰러우면서도 대견해 보인다. 좁지만 삼층으로 된 한 카페에 들렀는데 최근에 마신 커피 중 단연 최고의 맛이었다. 내부 인테리어도 간결하고 편안하게 되어있어 햇살 좋은 창가에서 바다를 보고 있자니 일어서기 싫을 정도였다.

애당초 거제로 길을 잡으려 한 이유는 물메기를 먹기 위함이었는데 우연히 이곳 대변항에서 물메기탕 간판을 발견했다. 아! 완벽한 강릉 성원식당의 곰치국에는 턱없이 못 미치는 맛이었지만 그래도 귀한 음식을 맛나게 먹었다.

저녁은 청사포의 명물 조개구이로 했다. 대구 남자는 비빔밥도 싫어한다는 말이 있다. 비비는 것도 귀찮아해서다(전혀 근거 없는 얘기다). 거기에 비하면 조개구이는 대단히 성가시다. 하지만 이번 여행처럼 서로 낯선 얼굴도 있을 때, 이렇게 굽고 자르고 하는 행위가 거리감을 좁혀준다.

돌아가는 길에 달맞이길 커피숍에서 밤늦도록 긴 대화를 나눈다. 국악인, 오케스트라 지휘자 그리고 성악가와 나(나 역시 성악가이긴 하지만), 이렇게 서로 다른 전공과 서로 다른 곳에서 일하는 우리 네 사람은 나라 걱정에서부터 세상살이와 예술에 대하여 종횡무진 거침없는 대화를 나눈다. 대화 내용은 중요하지 않다. 함께 이야기 할 수 있는 순간이 소중하기에, 특히나 멀리 있는 사람과 같이하는 자리여서 더 그렇다.

오만 원 클럽은 서너 명이 함께하는 단출한 구성이기에 좋다. 서로를 좀 더 깊이 바라볼 수 있고 음식 메뉴나 행선지 선택, 변경이 자유롭다. 나는 혼자서 여행을 잘 다니는데 보통

제철 음식은 일 인분씩 팔지 않는다. 이것이 혼행의 유일한 단점이다. 거기에 비해 이러한 구성은 먹거리를 뭐든지 즐길 수 있어 좋다. 많지 않은 경비로 하루를 건강히, 즐겁게 보낼 수 있다. 게다가 단체 여행의 소란스러움도 피할 수 있으니 이래저래 장점이 많다.

언제나 느끼는 것이지만 여행의 매력은 현지에서의 즐거움보다는 돌아왔을 때 다시금 배어나오는 잔잔한 여운에 있다. 이것의 농도는 짙지 않지만 결코 가볍지 않다. 우리나라가 좁다 하지만, 사는 동네만 벗어나도 분위기가 다른데 차로 한두 시간 나가면 색다른 감흥을 충분히 즐길 수 있다. 삼천리강산 참 갈 곳이 많다.

자전거

내가 사는 집에서 자전거로 5분이면 금호강 변에 다다른다. 이곳 자전거길은 그야말로 천국이다. 사대강 사업에 따른 장단점을 죄다 평가할 안목은 없지만, 적어도 이 사업에 따라 조성된 자전거길과 주변 생활체육 시설은 많은 사람이 사랑하고 즐기는 공간인 것은 확실하다. 굽이굽이 펼쳐지는 강을 바라보며 자전거로 달리노라면 가슴속 찌꺼기는 맞바람에 죄다 쓸려 사라져간다.

나는 걷는 것을 가장 좋아한다. 무엇보다도 "걷는 것은 자유로움"이라는 한마디로 정의할 수 있을 만큼, 걷는 것을 통해 마음의 평화를 얻을 수 있다. 그러나 자전거도 틈나는 대로 즐긴다. 자전거로 달리는 맛은 걷는 것과는 또 다른 매력이 있다.

우선은 적당한 속도감이다. 이곳에서 저곳까지 이동할 때 자전거는 걷는 것과는 비교할 수 없이 빠르다. 이런 속도감은 그 자체로 상당한 쾌감을 준다. 그리고 운동 효과도 시간 대비, 걷는 것의 두 배가량 된다고 한다. 강변길 같은 평지와 달리 언덕길을 넘노라면, 심장이 터질 것 같은 고통 뒤에 나른한 평화가 곧 뒤따른다.

김훈의 『자전거 여행』에 이런 대목이 나온다. "자전거를 타고 오르막을 오를 때, 길이 몸 안으로 흘러들어올 뿐 아니라 기어의 톱니까지도 몸 안으로 흘러들어온다. 내 몸이 나의 기어인 것이다. 오르막에서, 땀에 젖은 등판과 터질 듯한 심장과 허파는 바퀴와 길로부터 소외되지 않는다. 땅에 들러붙어서, 그것들은 함께 가거나, 함께 쓰러진다." 자전거와 오르막의 상황에 대하여 이보다 더 리얼한 표현을 할 수는 있겠는가.

자유로운 여행을 위해 접이식 자전거를 한 대 장만 했다. 자가용으로 여행을 다니면 목적지까지 이동은 더할 나위 없이 편하고 빠르지만, 그곳에 도착해서는 이야기가 달라진다. 오히려 주차 등의 문제로 머물러야 할 곳을 지나쳐 버리게 되는 경우도 생긴다. 묘하게 자동차에 얽매인다는 생각이 가끔 든다. 그에 비해서 시외버스로 실어간 접이식 자전거를 펼치면 그 순간부터 자유로움이 주어진다. 약간의 체력적 수고만 감수하면 아무 곳에서나 멈추고, 그곳을 즐길 수 있는 특권을 가질 수 있다.

특히 가까운 경주나 멀리 강릉 같은 곳을 이런 방법으로 다녀오면 행복한 여행을 할 수 있다. 경주 정도는 차에 자전거를 싣고 가서 현지에서 이용해도 좋다. 하지만 강릉은 대구에서 직접 운전해서 가기에는 너무 멀다. 접이식 자전거를 휴대한 채 대중교통을 이용하면 오가는 길에는 책도 읽을 수 있고, 다운 받아 놓은 영화를 즐길 수도 있다. 게다가 여행길에서 운동까지 하게 되니 그야말로 일석이조다.

한때 자전거로 국토 종단하는 젊은이가 많았다. 지금도 제주도 같은 곳을 자전거로 한 바퀴 도는 코스가 여전히 인기다. 하지만 이제는 위험한 차도 한편에서 달리지 않더라도 사대강 종주길을 이용하면 안전하게 몇 날 며칠씩 자전거를 달릴 수 있다. 먹을 곳 잠잘 곳에 대한 걱정도 거의 없다. 이 길에서는 계절의 변화도 잘 느낄 수 있다. 특히 마음 맞고 신체 조건이 비슷한 친구와 함께한다면 새로운 세상을 만날 수 있다.

유럽의 도심에는 자전거길이 잘 조성되어 있다. 길의 흐름이 끊기지 않고 달릴 수 있는 권리가 확실히 주어진다. 그 길은 라이더의 길이다. 누구도 그들을 방해할 수 없다. 우리도 이런 인프라를 갖춘다면 더 많은 사람이 자전거와 함께할 수 있을 것이다.

김훈의 책에 이런 대목도 나온다. "땅 위의 모든 길을 다 갈 수 없고 땅 위의 모든 산맥을 다 넘을 수 없다 해도, 살아서

몸으로 바퀴를 굴려 나아가는 일은 복되다." 그렇다! 걷기만큼이나 자전거 타기는 정직한 운동이자 이동 수단이다. 그리고 여러 가지 이유로 자전거를 탈 수 있는 거리와 시간은 제한적일 수밖에 없지만, 나의 힘찬 몸짓으로 저어가는 모든 시간과 길은 나에게 특별한 순간과 경험이 된다. 그것은 누구에게나 열려있는 축복이다.

좌충우돌 여름나기

나는 두 가지에 욕심이 있다. 다른 것에 비해 책과 문구류를 탐내는 편이다. 문구류 중에서도 필기구를 특히 좋아한다. 만년필도 최고급부터 싼 것까지 온갖 필기구를 가지고 있다. 그리고 손으로 쓰는 것을 좋아하는데 여기에도 나름의 규칙이 있다. 만년필, 볼펜 그리고 연필 이런 것들을 종류별로 용도에 맞춰 쓰다가 때로는 반대로 바꿔서 쓰기도 한다. 당장 필요하지 않더라도 오가는 길에 문구점에 들르면 뭐라도 한두 개 사게 된다. 그러다 보니 집에 이런저런 문구류가 제법 쌓여간다.

5년 전쯤 가족들과 함께한 도쿄 여행 때 들른 이토야 문구 긴자점은 나에게 별천지였다. 거기라면 하루 종일 재미나게 놀 수 있을 것 같았다. 여행지에서 시장 어물전 구경하는 것을 아주 좋아하는 것처럼 문구점에 가면 늘 마음이 행복하다.

그리고 책에 욕심이 있지만 대단한 독서가는 전혀 아니고, 책 사는 것을 좋아한다는 말이 맞을 것 같다. 책을 미처 다 읽기도 전에 또 책을 사는 경우가 잦다. 언젠가는 읽어야지 하는 마음에 책을 사지만 읽는 속도보다 사 모으는 것이 더 빠른 편이다. 그러다 보니 읽지 못한 책이 자꾸 쌓이게 된다. 그래서 욕심이라고 표현할 수밖에 없다.

집 서재에 가지런히 꽂혀있는 책을 보면 기분이 좋다가도 한숨이 나온다. 이렇게 좋은 책을 아직도 읽지 않았다니…. 저건 지난여름에 산 건데 아직도 저러고 있구나 하는 생각에 마음이 조급해지기도 한다. 아무튼 책 사는 것으로 지적 허영심을 채우고 있는 게 아닌가 하는 조급함에 이번 여름은 숙제한다는 마음으로 내 손길을 기다리는 책들과 놀기로 했다.

그래서 최근에는 주로 집에서 시간을 보냈다. 밀린 책을 읽다 보니 마음의 짐을 던 것처럼 홀가분하기도 했다. 그러던 차 우연히 건축기행 안내를 보게 되었다. 더운 여름에 이 정도로 궁둥이 붙이고 있었으니 하루 정도는 다녀오자 해서 길을 나섰다. 내가 건축에 조예가 깊다든지 오래전부터 관심을 가졌던 것은 아니다. 한창 성악가로서 노래하던 시절에는 노래 하나만 쳐다봤다. 공연장 관장으로 일할 때는 또 거기에만 집중했다. 그런 시간을 보내다 보니 막상 일을 그만두고 쉴 때가 되자 아! 내가 아는 게 정말 없구나 하는 생각이 들었다. 그래서 관심의 폭을 넓혀 이것저것 공부했다. 몰라도 사는 데는 지장 없겠지만 알면 인생이 조금 풍요로워질 것 같은 그런 것들이었다.

그중 하나가 건축에 대한 것이었다. 때로는 훌륭한 그림보다 그것을 담고 있는 미술관이 더 인상적으로 다가오는 때도 있었다. 특히 일본 여행을 위해 책을 여러 권 구해서 읽다 보니 점차 흥미를 가지게 되었다.

쿠마 켄고, 르 코르뷔지에 그리고 페터 춤토르와 유현준같이 건축가이면서 글을 뛰어나게 잘 쓰는 분들의 책과 만나면서 이들의 세계에 매료되지 않을 수 없었다. 건축이라는 코드를 어떻게 읽어야 하는가 하는 궁금증이 점차로 일었다. 그러다 만난 나의 첫 건축기행이었다.

김해로 떠나는 기행이었다. 이번에 둘러본 건축물들이 소위 말하는 블록버스터급은 아니었다. 상대적으로 소박한 작품을 전문가는 어떻게 생각하고 표현할 것인지 그것이 오히려 더 궁금해 따라나선 길이었다. 유명 건축가가 안내하는 이번 기행에는 현직 건축가, 건축 전공 학생 그리고 건축에 조예가 깊은 일반인 등 전국에서 다양한 사람들이 모여 함께 둘러보고 각자의 생각과 전문가의 시선에 합을 맞춰보는 자리였다. 대단히 학구적인 시간이어서 희미하게나마 이 세계를 조금 엿볼 수 있었다. 여기에도 학습해야 하는 문법이 있었다. 이런 것들을 반드시 알아야만 하는 것은 아니겠으나 살아가는 데 있어 매우 즐거운 도구가 될 것 같았다.

지인 중에 훌륭한 건축가가 있어서 언젠가 대구에서 건축 기행 프로그램을 한번 하면 좋겠다는 건의를 한 적이 있다. 여기에 얼마나 호응이 있을지는 모르겠지만 우리가 가진 자산을 해석하는 방법 중 하나로 건축가와 함께 길을 찾아나서 는 것은 아주 재미있는 일이 되리라는 마음에서였다. 늘 지나치며 무심히 바라보던 건축물의 겉과 안을 새로운 시각으로 들여다보고 건축가들의 생각과 그 결과물이 지금 이곳에서 살고 있는 우리들과 어떤 관계를 맺고 있는지 느껴 보는 것은 참 좋은 시간이었다.

　　모처럼 기차로 이동하던 중 열차 내의 모니터에 여행가 김찬삼에 대한 영상이 나왔다. 지금은 너 나 할 것 없이 여행 작가다, 여행 유튜버다 해서 여행 관련 콘텐츠를 쏟아내고 있지만, 해외 나가는 것 자체가 어렵던 시절에 세계일주를 통하여 우리에게 꿈을 심어준 사람, 오랫동안 잊고 있던 그가 새삼 다가왔다. 그 시대가 반영된 그의 책을 찾아 읽으며 오는 가을을 맞는 것도 꽤나 낭만적이겠다.

내가 사랑하는 맛집

직장인들은 매일 점심때마다 어디서 누구와 무엇을 먹을 것인가 고민하게 된다. 특히나 나와 비슷한 연배의 사람들은 메뉴 선택에 상당히 제한적이다. 왜냐하면 젊어서 자기 몸을 어떻게 다루었느냐에 따라 멀리해야 할 음식이 꽤나 있기 때문이다. 또는 앞으로의 건강 관리를 생각하며 음식을 고르게 된다. 나의 경우에는 점심으로 특별히 기름진 음식, 또는 아주 짜거나 매운 것이 아니면 대체로 가리지는 않는다(이 정도면 엄청 가린 건지는 모르겠다). 그리고 누구나 그렇겠지만 싸고 맛있는 집 또는 가격에 비해 정성이 가득한 집이면 자주 발걸음을 하게 된다.

최근 모 방송에서 미쉐린 가이드 스타 레스토랑 선정에 관련된 내용을 다루었다. 미쉐린 가이드 별 3개를 받은 레스토랑이라면 보통 사람은 갈 엄두를 내지 못한다(지방에 사는 사람은 일단 만나기도 어렵다). 그만큼 여기서 선정하는 별의 가치와 권위는 대단하다. 그런데 이러한 믿음과 신뢰에 의문이 간다는 내용인데 그 진위야 멀리 떨어져 있는, 우리가 알 수 없는 일이다. 다만 이런 일을 통해서 음식문화에 대한 우리의 가치 기준을 다시금 돌아보게 된다.

미쉐린 가이드에 얽힌 이야기는 참으로 많다. 이 별을 따기 위한 세프들의 고군분투를 담은 영화에서는 별을 유지하기 위한 압박감에 못 이겨 스스로 반납해 버렸다. 그리고 동화 속 이야기처럼, 낯선 나라를 여행하다 만난 별 두 개에 빛나는 레스토랑에서의 꿈같은 저녁 식사 등등 이러한 신화(?)를 접한 우리는 이 별만 봐도 지레 주눅 들 형편이다. 물론 미쉐린사는 친절하게도 별만 선정하는 것이 아니다. 합리적 가격으로 좋은 요리를 맛볼 수 있는 식당 빕 구르망까지 선정한다. 그런데 여기에 선정된 레스토랑의 일부 역시 그 문턱이 낮지 않다.

한국형 음식점 평가인 블루리본 서베이도 있다. 지역별 장르별 구분과 정리가 단출하게 잘 되어있다. 그 외 네이버 예약식당 어워즈도 있어 우리가 필요할 때 참고하기도 한다. 그뿐만 아니라 요즘 방송의 대세 콘텐츠 '먹방'을 통하여 수많은 맛집과 음식들이 먹음직스럽게, 때로는 아름답게 우리 앞에 펼쳐진다. 그리고 많은 사람들이 SNS에 자신들의 맛집 순례를 잘 포장하여 올리기도 한다.

건강하고 새로운 음식문화가 이렇게 알려지는 것은 자연스럽고 행복한 전염이다. 그리고 메뉴나 장소를 선택해야 할 때 이런 정보는 많은 도움이 된다. 그런데 세상에 널리 알려진 화려한 명성만 가치 있는 것은 아니다. 때로는 이러한 세상의 찬사에 동의하기 어려운 경험도 가지고 있다. 따라서 이러한 기존의 평가에 경도되는 우리는 과연 제대로 된 가치 기준을 가지고 있는가 하고 자문하게 된다. 소박하지만 만드는 분의 정성이 입으로, 마음으로 따뜻이 전해지는 맛집도 많다. 먹고 나면 행복해지는 그런 집….

내가 가끔씩 가는 냄비밥집이 있다. 이곳에 손님을 모시고 가면 대부분 바로 매료되어 단골이 된다(나 역시 그리했다). 직장인이 매일 먹기에는 가격이 세지만 결코 비싼 집은 아니다. 반찬을 보는 순간 품격과 정성이 가득함을 누구나 느낄 수 있다. 화룡점정은 밥이다. 전화로 주문하면 바로 짓기 시작하는 냄비밥이 매우 기름지다. 먹을 때 다들 표정이 행복해진다. 지금은 없어졌지만 한때 많은 사랑을 받았던 '전복밥집'도 전복이 들어가니까 고가의 식사라고 생각할 수 있겠지만 결코 그렇지가 않았다. 가격 대비 만족도가 가장 높은 맛집이었다. 밥과 반찬의 조화가 완벽한 곳이었다. 먹고 나면 종일 속이 편해지는 음식이었다. 주인의 손이 너무나 많이 가는 노동 강도를 견디지 못해 메뉴와 장소를 바꾸게 되어 아쉽기 그지없다. 짝사랑 첫사랑이 좌절된 느낌이다.

맛있는 한 끼 밥의 기본 조건은 건강한 재료를 살리는 정성 가득한 손길이다. 〈한국인의 밥상〉이라는 프로그램이 그것을 잘 보여준다. 이러한 모습이 우리의 정체성이다. 일전의 영화에도 나왔지만 노동의 대가로 얻은 작은 소출들, 정성들여 다듬고 조리한 끝에 얻게 되는 소박하지만 건강한 밥상. 이것이 최고의 음식이라고 나는 믿는다. 가끔씩 흉내라도 내 보려고 한다. 직접 작물을 키우지는 못하지만 서툰 솜씨로 음식을 만들어 본다. 실패도 하지만 어쩌다 제법 그럴듯한 식사가 차려지면 함께 나누기도 한다. 한 번씩 듣게 되는 칭찬에 용기를 내어 더 부지런을 떨게 된다. 이렇게 만들어 가는 나의 밥상이 내가 가장 사랑하는 맛집이라고 생각하면 착각일까?

통영과 청마

일전에 도다리 쑥국이나 물메기탕, 일명 '물곰탕'을 맛보려 통영엘 다녀왔다. 그런데 물메기탕은 철이 지났단다. 대신 점심은 멍게 비빔밥으로 해결하고 도다리 쑥국은 저녁에 먹고자 일단 참기로 했다. 그런데 간식으로 먹은 통영의 별미 꿀빵 때문인지 종일 걸어다녀도 배가 꺼지지 않아 아쉽게도 소기의 목적(?)을 달성하지 못하고 그냥 돌아오고 말았다.

이렇게 얘기하면 내가 먹는 데 집착한다고 오해받을 수 있겠지만 사실 주 목적은 청마 유치환의 흔적을 더듬어 보고 싶은 것이었다. 유치환의 문학적 업적이나 그가 어떤 사람이었는지는 잘 알지 못한다. 다만 20여 년을 한 여성을 향해서 변함없이 구구절절한 사랑의 언어 - 그렇다. 언어였을 뿐이다 - 를 쏟아 낼 수 있었다는 것에 그는 나의 우상인 것이다.

사랑의 표현에 서툴렀던 젊은 날의 우리에게 청마의 시어는 아무런 여과 없이 그냥 그대로 가슴 깊숙이 파고들어 우리의 감성을 촉촉이 적셔주었다. 청마가 불의의 사고로 세상을 떠나기 전까지 20여 년 간 시조 시인인 정운 이영도에게 부친 편지글 중 일부가 정운에 의해 『사랑하였으므로 행복하였네라』라는 이름의 서한집으로 출판되었다. 이 책이 세상에 나옴으로 말미암아 그 당시 많은 청춘들의 영혼을 살찌웠다고 생각한다. 아무튼 때는 통영 국제음악제를 며칠 앞둔 시점이었다. 음악제가 열릴 통영시민문화회관이 있는 남망산을 거쳐 동피랑마을, 그리고 청마거리와 그가 이영도를 향한 애틋한 마음을 담은 편지를 매일같이 부치던 우체국도 찾아보았다.

그런데 몇 시간째 다녀도 그의 생가터를 찾을 길이 없었다. 답답한 김에 지인에게 메신저로 하소연했다가 핀잔만 듣곤…. 결국 생가를 복원해 놓은 청마문학관에 가서야 정확한 위치를 알 수 있었다. 생가터는 도로로 변해 있었고, 생가터를 나타내는 조그만 안내판은 불법주차한 차에 가려 찾을 길이 없었던 것이었다.

이렇게 종일 걸어다니며 그의 글과 마음을 생각해 보고 느꼈다. 이제 받기보다 세상을 향해 베풀어야 할 나이가 된 지금, 나는 메마르지 않은 가슴으로 세상을 바라보고 싶다. 나이가 들어감에 따라 굳어지는 머리와 딱딱해지는 내 가슴에는 여전히 그의 아름다운 언어가 필요하다. 그가 남긴 시어로 인해서 남은 인생이 적어도 지금보다는 더 아름답고 싶다.

별이 지다

금세기 최고의 드라마틱 테너 주세페 자코미니Giuseppe Giacomini가 심장마비로 갑작스럽게 세상을 떠났다. 그의 나이 81세 때다. 최근까지도 성악가들 사이에서 "자코미니, 아직도 무대에 설걸-아니, 요즘은 연주 안 한다던데. 그래도 아직소리는 여전할 거야."라고 회자되었다. 왜냐하면 자코미니처럼 소리가 무거운 성악가는 통상 나이 들면 노래가 일찍 힘들어진다는데, 그는 이런 법칙에 역행했다. 물론 전성기 때와 다르긴 하지만 70대 후반, 여든의 나이에도 그는 젊은 소리를 유지하고 있었고, 어떤 면에서는 소리가 더 깊어졌다. 그런 그의 갑작스러운 타계 소식에 많은 팬들이 슬퍼했다. 그는 참으로 위대한 성악가였지만 유난히 한국에서 노래할 때 항상 베스트였다. 그래서 한국 팬들과 자코미니는 서로에게 특별한 존재였다.

1988년 서울올림픽을 기념하여 이탈리아 라 스칼라 극장 오페라 〈투란도트〉 내한 공연이 있었다. 로린 마젤 지휘, 투란도트 공주 역 게나 디미트로바, 칼라프 왕자 역에 주세페 자코미니 등 그야말로 드림팀이었다. 설레는 마음으로 공연이 열리는 세종문화회관을 찾았다. 당대 최고의 드라마틱 소프라노 디미트로바는 역시 명불허전이었다. 그러나 단연 귀를 번쩍 뜨이게 하는 건 자코미니였다. 대단히 힘 있는 그의 목소리는 처지지 않고 총알처럼 뻗어나가는 소리여서 깜짝 놀랐다. 한마디로 엄청난 대포를 소총처럼 민첩히 발사하는, 나로서는 상상조차 할 수 없던 소리였다. 아무튼 그날의 공연은 완벽했다. 후일담으로 듣기로 자코미니 자신도 특별히 만족해한 공연이었단다.

그로부터 며칠 후 아침 출근 전(당시 나는 대구시립합창단원이었다) 우연히 펼쳐든 신문에 자코미니 공개레슨 기사가 났다. 급히 연가를 쓰고 서울로 향했다. 연세대 100주년 기념관에는 눈이 반짝이는 사람들로 가득했다. 공개레슨이 끝난 후 객석의 한 이탈리아인(스칼라 극장 합창 단원으로 기억됨)이 "지금까지 노래는 이렇게 해야 한다-고 했으니 이제 당신이 직접 증명해 달라."고 장난스럽게 요청했다. 객석의 엄청난 호응에 자코미니는 오페라 아리아 2곡을 내리 불렀다. 2시간 넘게 말을 하다 아무런 준비 없이 바로 어려운 오페라 아리아를 부른다는 것이 놀라웠다. 특히 2천 석 가까운 큰 공연장을 완전히 꽉 채우는 자코미니의 엄청난 성량에 입을 다물 수가 없었다. "아! 인간의 목소리가 이럴 수도 있구나." 한마디로 충격이었다.

1990년 이탈리아 월드컵을 기념하여 로마에서 3테너 콘서트가 열렸다. 3테너라는 상품을 만든 기념비적 공연이었다. 이것을 계기로 3테너 파바로티, 도밍고, 카레라스는 더욱더 전설이 되었다. 물론 파바로티는 그 이전부터 20세기의 슈퍼스타로서 그만의 확실한 영역이 있어 누구도 넘볼 수 없는 성악가였다. 하지만 대중적 인기와는 별도로 성악가에게 경배의 대상은 따로 있었다. 바로 주세페 자코미니였다. 워낙 크고 무거운 소리여서 그런지 그는 무대에서 음 이탈이나 갈라진 소리를 내는 경우가 잦았다. 그럼에도 불구하고 청중과 특히 성악가들은 그의 목소리에 열광한다. 제대로 났을 때는 그 누구도 그에 비견할 수 없기 때문이다. 1991년 내한 공연이 그랬다. 세종문화회관에서 열린 독창회에서 그는 초반 컨디션 난조를 보였지만 그 순간이 지난 후 완벽했다. 공연 후 모 대학교수는 이렇게 말했다. "최고죠, 그의 목소리는 거룩해요."

자코미니와 다른 성악가를 구별 짓는 잣대 중 하나는 소리의 거룩함이다. 그가 95년 이탈리아 북동부 지역 파도바 인근 작은 마을 성당에서 녹음한 성가곡 음반을 들어보면 그의 목소리가 이런 종교 곡에 정말 잘 어울린다는 것을 알 수 있다. 세계 오페라 무대의 큰 별 주세페 자코미니의 음악적 완성도는 종교 음악에 있다는 걸 느낄 수 있다. 그리고 그가 비록 오페라 공연 시 컨디션 난조를 종종 보였다 하더라도 최고의 테너라는 것에 누구도 이의를 달 수 없는 이유는 음악적 완성도에 있다. 그의 음악은 작곡가가 원하는 것을 언제나 정확히 표현한다. 넘치지 않고 균형을 잘 유지하면서도 고귀하게 노래한다. 이런 점이 그를 오랜 세월 동안 정상에 서 있을 수 있게 했다.

그의 특별함은, 그가 노래하는 방법은 자코미니만이 할 수 있는 것이라고 본다. 왜냐하면 나도 그러했지만 그의 메소드를 따라 하노라면 처음 얼마 동안은 아주 그럴듯한데 시간이 지나면 점차 소리가 무거워진다. 그래서 결국 큰 난관에 빠지고야 만다. 그러나 이런 시행착오가 기다리고 있음을 잘 알면서도 강렬한 유혹을 뿌리치기 어렵다.

프란체스코 타마뇨 이후 진정한 드라마틱 테너는 자코미니가 유일하다고 할 수 있다. 앞으로 그와 같은 성악가는 더 이상 나타나지 않을 것 같다. 무대에서의 강렬한 카리스마와 달리 소박하고 넉넉한 인품의 별은 더 만나기 어려울지 모른다.

5

작은 기쁨에 대하여

|

최인호를 추억하며

영원한 청년작가로 불렸던 소설가 최인호. 고교 2학년 때 신춘문예에 당선되면서 천재작가의 면모를 보였던 그는 소설 『별들의 고향』,『적도의 꽃』,『잃어버린 왕국』등 수많은 베스트셀러로 대중의 큰 사랑을 받았다. 〈바보들의 행진〉, 〈병태와 영자〉, 〈고래사냥〉 등의 시나리오를 통해 영화에도 큰 영향을 끼쳤으며 70년대 청바지와 통기타 문화의 중심에 있었던 사람이다. 침샘 암으로 투병 중에도 작가로서의 열정을 불태우다가 세상을 떠났다.

그가 세상을 떠나기 세 시간 전 최인호는 '주님이 오셨다. 이제 됐다' 며 환한 웃음을 지었다고 한다. 마흔셋에 맞이한 어머니의 죽음으로 가톨릭에 귀의한 그는 최후의 순간에 죽음을 두려워하지 않고 밝은 미소로 받아들였다. 참으로 부러운 사람이다. 부인과 딸 다혜가 '아이 러브 유' 하자 '미 투'

라고 답하곤 곧 숨을 거두었단다. 가족과 이런 말을 주고받으며 세상에서의 이별을 한 이야기에 당시 나는 흐르는 눈물을 감출 수 없었다.

"나는 물론 알고 있다. 내 인생의 고갯길 저 너머에는 육신의 아버지가 아니라 나보다 더 나를 사랑하시는 영혼의 하느님 아버지가 기다리고 있음을. 그럼에도 불구하고 예순일곱의 어른인 나는 다섯 살의 어린 때보다 더 큰 두려움과 고통과 불안과 미혹으로 흔들리고 있다."

이런 고백에도 불구하고 그는 막상 닥친 죽음 앞에 흔들리지 않고, 두려워하지 않았다. 그리고 고통도 없이 사랑한다는 말을 가족에게 남기고 떠났다. 마지막까지 의식이 있는 가운데 가족들과 서로 사랑한다는 말을 주고받으며 그것을 가슴에 담고 떠난 그는 참으로 행복한 사람이 아닌가!

컴퓨터로 작업한 글은 '마치 기계로 만든 칼국수' 같다던 그는 원고지에 한 글자 한 글자씩 써나갔다. 생각을 따라잡기 위해 빠른 속도로 휘갈겨 쓴 그의 글씨는 출판사의 단 한 사람만이 알아보고 활자화했단다. 최인호는 이런 온기를 담은 글로 장편 소설뿐만 아니라 무려 34년 6개월간 월간《샘터》에 연재한 「가족」을 통해서 우리에게 잔잔한 감동을 오랫동안 선물했다.

최인호가 당시 파격적이라 할 수 있는, 불과 스물여덟에 모 일간지에 연재한 소설 「별들의 고향」을 읽기 위해 그 당시

중학생이던 나는 매일 아침 배달되어 오는 신문을 기다리곤 했다. 그가 투병 중 쓴 「낯익은 타인들의 도시」는 읽던 도중 책을 잃어버려 끝까지 다 읽지는 못했지만 내가 접한 그의 마지막 작품에서 여전히 단단한 그의 글 힘을 느낄 수 있었다.

최인호는 생전에 이렇게 말했다. "우리나라에는 도시 작가가 드물다. 보통은 전라도, 경상도, 충청도에서 올라온 사람들이다. 따라서 그들은 서울에서 타인이다. 항상 그들에게 서울은 묘사되고 있지만 그들에게 서울이라는 도시는 극복해야 할 대상이다. 그러니까 하숙생의 눈으로 서울을 보는 거라고. 나는 아니야, 나에게 있어 서울은 극복해야 할 그 무엇도 아니고 그저 삶 자체라고. 그 점은『별들의 고향』에서부터 나타난다."

이 말이 무엇을 뜻하는지 우리 모두는 잘 알고 있다. 우열을 말하는 것이 아니라 다른 작가와는 차별되는 분명히 다른 무언가가 있다. 이러한 색채를 담은 그의 작품으로 인해 우리들은 또 다른 자양분을 받을 수 있었던 세대다. 그가 그려낸 인물에서 우리 자신의 모습을 발견하고 위로 받았으며, 또한 그에게 빚을 졌다고 느낀다.

나는 그의 소설을 꽤 여러 편 읽기는 했지만 문학적 안목을 갖춘 사람이 아닌지라 최인호 소설의 작품성에 대한 깊은 이해보다는 그와 그의 가족 이야기에 잔잔한 감동을 받는다. 사랑하는 딸 다혜와, 다혜의 딸 정원이의 이야기를 담은『나의 딸의 딸』이라는 책을 읽노라면 따뜻한 온기가 마구 넘쳐흐른다.

그리고 죽음이라는 가장 아프고 슬픈 이별의식 앞에서 아내와 딸과 나눈 대화, 죽음을 두려워한 생전의 고백과는 달리 환한 미소로 이 세상에서의 마지막 순간을 맞이했다는 모습에서 소설가 최인호, 작가로서의 업적보다 더 큰 것을 그는 이루었다. 세상을 떠나는 순간에도 오히려 우리를 위로하고 큰 선물을 준 한없이 고마운 사람이다.

작은 마음

지금 이 장면, 이 상황. 분명히 언젠가, 어디선가 겪은 적이 있는 듯한 느낌. 이를 기시감, 데쟈뷰라고 부른다. 이것만큼 자주는 아니지만, 우리가 가끔씩 상상하는 세계가 있다. 평행우주 또는 평행세계. 어떤 우주(세계)에서 분기하여 그에 병행해 존재하는 또 다른 세계를 의미하는 이론이다. 나이면서도 나 아닌 또 다른 내가 다른 세계에 존재할 수도 있다. 이를 소재로 한 여러 영화를 통하여 우리는 이 세계를 상상해 본 적이 있다. 무라카미 하루키의 소설 『1Q84』도 이 이론을 바탕에 깔고 있다.

처음엔 이 제목 뭐지, 어떻게 읽어야 할지 당황스러웠다. 생소한 제목이었다. 1984년을 살아가는 인물들이 어느 날 자신도 모른 채 일상과는 다른 세상에 들어와 있음을 느끼게 된다. 그래서 알 수 없는 지금을 '1Q84 - 일큐팔사' 로 스스로 명

명하고 우여곡절 끝에 1Q84에서 **빠져나오는**(주인공 덴고와 아오
마메 두 사람만) 이야기다. 사회적 거리두기를 해야만 할 때, 그래
서 어쩔 수 없이 혼자서 지내야만 할 때 이 책은 대단히 유용
하다. 두꺼운 3권으로 된 총 2천 페이지 정도의 긴 분량이지
만 이야기 전개가 매우 스피디하며 재미있다.

수학 선생이자 소설가 지망생인 덴고, 헬스 강사이자 암살
자인 아오마메. 이 두 사람을 삼인칭 시점에서 각각 한 장씩
교대로 풀어가다가 3권부터 우시카와라는 인물까지 세 사람
을 한 장씩 차례로 그려나간다. 덴고의 이야기가 너무 궁금해
아오마메는 한 장씩 건너뛰고 덴고를 죽 읽을까 하는 유혹을
받게 될 정도다. 왼쪽 페이지를 읽는 중 다음 장면이 궁금해
눈길이 자꾸만 오른쪽 페이지를 향하기도 한다. 하지만 이 책
이 마냥 재미있기만 한 것은 아니다. 일본 현대의 격동기, 혼
란기 그리고 어두운 세상을 소재로 삼았지만 이 소설을 관통
하는 가치는 사랑과 희망이다.

"만나고 싶은 마음을 각자 소중히 가슴에 묻은 채, 끝까지
떨어져 지내는 게 좋지 않을까. 그러면 언제까지나 희망을 품
은 채 살아갈 수 있을 것이다. 그 희망은 몸의 깊은 곳을 따뜻
하게 해주는 자그마한, 하지만 소중한 발열이다. 손바닥으로
소중히 감싸서 바람으로부터 지켜온 작은 불꽃이다. 현실의
난폭한 바람을 받으면 훅 하고 간단히 꺼져버릴지도 모른다."
이 장면은 약속장소인 겨울 밤 공원 미끄럼틀 위에서 이십 년

만의 해후를 기다리며 아오마메를 생각하는 덴고의 떨림의 독백이다.

이십 년 전, 초등학교 같은 반 동급생 아오마메에게 친절을 베풀었던 덴고. 어느 날 그런 덴고의 손을 말없이 꼭 잡은 소녀. 10살 소년 소녀의 인연은 단지 이것뿐이었다. 그 후 이십 년간 각자의 삶을 살아가면서도 마주 잡은 손의 감촉을 잊은 적이 없다. 둘은 말 한마디 나눈 적 없지만 맞잡은 손의 감촉은 서로의 가슴에 깊이 품은 채 살고 있다. 그 어떤 말보다 진심을 담은 친절, 마음을 담은 손길. 이것이 긴 세월 동안 서로를 잇는 강한 끈이 되었다. 사람이 사람을 진심으로 존중할 때 있을 수 있는 현상이다. 오페라 〈투란도트〉 중, 망명길의 아버지를 끝까지 모시고 온 류에게 왕자는 묻는다. 왜?라고. 이에 류는 "왕자님께서 자기에게 미소를 보냈기 때문"이라 말한다. 단지 그것뿐이었다.

지금 우리에게 큰 울림을 주는 말이 있다. 덴고 아버지의 죽음에 그를 돌보던 간호사 아다치 구미는 이렇게 말한다. "사람 하나가 죽는다는 건 어떤 사연이 있건 큰일이야. 이 세계의 구멍 하나가 뻐끔 뚫리는 거니까. 거기에 대해 우리는 올바르게 경의를 표해야 해. 그러지 않으면 구멍은 제대로 메워지지 않아."

어느 날 밤하늘을 쳐다보니 달이 두 개가 떠있다. 1Q84의 세계인 것이다. 자신도 의식하지 못한 채 이 세계로 넘어온

것이다. 이곳은 1984의 세상이 아니다. 위험이 도처에 널렸다. 시시각각 두 사람을 향해 조여 온다. 빠져나갈 방법도 없다. 하지만 오랜 옛날의 작은 마음을 소중히 간직할 줄 아는 사람. 그 작은 마음을 위하여 기꺼이 목숨을 바치고자 하는 사람에게는 빠져나갈 길이 열렸다. 물론 그곳이 1984인지는 불확실하지만 1Q84를 벗어난 것은 틀림없다.

넷플릭스와 책 한 권

　오늘 밤에도 나는 고민한다. 읽고 싶은 또는 읽어야 하는 책을 읽다 잠들 것이냐 아니면 넷플릭스 영화를 볼까? 가벼운 선택의 기로에 선다. 대개는 실망스러운 결과를 만들고야 만다. 책을 보는 것이 더 생산적이고, 남는 게 있는 것 같다는 생각을 하면서도 영화에 대한 끌림이 커서 TV를 켜는 경우가 많다. 그런데 넷플릭스의 수많은 영화 중 무얼 볼까 하며 고르는 데 몇십 분이 훌쩍 지나간다. 그러다 막상 영화가 시작되면 곧 졸음이 와 이내 침대로 든다. 그러곤 그냥 잠들면 안 될 것 같아 누운 채로 책을 읽다 몇 페이지 넘기지 못하고 불을 끈다. 결국 영화도 제대로 즐기지 못하고 책도 얼마 읽지 못한 채 잠에 들고 만다.

　넷플릭스의 장점은 볼 만한 영화가 아주 많다는 것이다. 그런데 이 장점에 함정이 숨어있다. 볼 만한 게 많다 보니 선택하는 데 시간이 걸린다. 그리고 진득하니 보게 되지를 않는다. 보다 조금만 흥미를 잃게 되면 이내 다른 영화를 찾게 된다. 게다가 모처럼 잘 고른 영화라 하더라도 물 마시느라 잠깐 스톱, 화장실 가느라 멈춤 그리고 대개는 졸면서 본다. 이러니 영화를 집중력 있게 끝까지 한숨에 보기가 어렵다. 끝까지 재미있게 본 영화라 하더라도 화면 크기, 사운드가 집에서는 제한이 있으니 감동이 적다.

혹 그런 경험이 있는지 모르겠다. 극장에서 007류의 영화를 보고 귀가하며 방금 본 영화의 주인공처럼 차를 몰고 있다는 걸. 나는 이와 유사한 경험이 많다. 배우 리즈 위더스푼이 출연한 영화 〈와일드〉는 멕시코 국경에서 캐나다 국경에 이르는 4300km의 PCT트레일을 걷는 영화다. 도중 과다한 무게의 배낭과 조이는 신발 탓에 주인공의 발톱이 빠진다. 나는 이 장면에서 나의 발톱이 빠진 것 같은 고통을 느꼈다. 시간과 돈을 투자해 극장에서 보는 영화는 이만큼 몰입력이 강하다. 화면과 서로 교감하는 체험을 할 수 있다.

역시 영화는 영화관에 가서 봐야 시간을 투자한 결과를 얻을 수 있다. 그러나 넷플릭스를 이용해 집에서 보는 영화는 남는 게 별로 없다. 줄거리만 남지 그 장면에서 표현하는 디테일한 언어는 다가오지 않는다. 종이책과 e-book의 차이라고나 할까.

아무튼 이런저런 이유로 거의 매일이다시피 집에서 영화

를 보는 편이지만 보고 나서도 멍하다. 반면 시간을 내서 책을 읽는 것이 만족감은 훨씬 크다. 책은 거의 다 사서 본다. 빌려서 보는 경우는 거의 없다. 평소 읽고 싶은 책 목록을 기록해 두었다 10권 정도씩 한꺼번에 사서 책꽂이에 두고 아주 만족스럽게 쳐다본다. 마치 새 물건을 아끼다 끄집어내 쓰는 것처럼 시간이 조금 흐른 후 마음 가는 책을 골라 읽어나간다. 집에 있는 책을 읽는 순서도 나름 패턴이 있다. 외국 소설을 읽었으면 그다음에는 국내작가의 작품을 고른다. 왜냐하면 번역된 책은 대부분 읽기가 편치 않다. 그리고 아주 집중해서 읽어야 하는 책, 이를테면 읽다 밑줄을 많이 쳐야 하는 책을 보았으면 그다음에는 줄거리가 흥미진진한 것을 고른다. 이런 패턴은 나름 리듬감이 있어 덜 지루하다.

최근 읽은 책은 파울로 코엘료의 『순례자』와 김영하의 『검은 꽃』이다. 『순례자』는 약 7년쯤 전에 읽었는데 이번에 다시 보았다. 두 번째 읽게 되면 첫 번째와는 그 감동이 다르다. "천국문의 열쇠는 열정을 쏟아 행하는 그 일 속에 있었다. 그렇게 사랑은 변화를 부르고, 인간은 신에게 다가갈 수 있다." 이것을 작가는 평범한 사람들의 길 '산티아고 순례 길'을 통해서 깨달았다. 다시 읽게 되면서 코엘료가 말하고자 한 것을 조금 더 발견할 수 있었다. 김영하의 『검은 꽃』은 정말 재미있게 읽을 수 있는 책이다. 1905년 멕시코로 떠난 1033명 한인들의 인생 유전은 너무나 드라마틱하다. 소설 속의 사람들 운명에 분노를, 때론 깊은 슬픔을 느낄 수밖에 없어 감정을 요동치게 만드는 책이다. 김영하의 이야기 솜씨뿐 아니라 많은 취재가 따랐음을 쉬 짐작할 수 있다. 그 어떤 영화보다 재미있는 책이다.

휴일에 집 청소를 깨끗이 하고, 맛있는 한 끼 식사 후 햇살 드는 거실에서 책 읽는 시간은 나에게 너무 소중하고 행복한 시간이다. 하루 일과 후 집에 돌아와 다리를 죽 펴고, 보다 만 책을 집어 들고 읽노라면 머리가 맑아진다. 그럼에도 불구하고 오늘 저녁에도 TV를 먼저 틀지도 모른다.

아무튼 시리즈

'아무튼'으로 시작하는 제목의 책들이 있다. 주제도 다양하다. 『아무튼, 피트니스』로 시작하여 『아무튼, 떡볶이』 그리고 술집, 하루키 등 현재 40여 가지에 걸친 책이 나왔다. 나는 우연히 이 책을 접하고 몇 권을 재미있게 읽었다. "나를 만든 세계, 내가 만든 세계 '아무튼'은 나에게 기쁨이자 즐거움이 되는, 생각만 해도 좋은 한 가지를 담은 에세이 시리즈입니다." 책에 적혀있는 설명이다. 특이하게 세 출판사가 함께 펴낸다. 여러모로 재미있는 기획에 즐거운 책이다. 처음 이 시리즈를 접할 때 글에 관한 한 초보가 써나가는 것으로 오해했다. 그러나 글의 내공과 이력이 다들 예사롭지 않았다.

나는 시리즈 중 몇 권을 가지고 있다. 가장 최근에 읽은 것은 『아무튼, 산』이다. 한마디로 저자의 성장일기라고 규정해도 무방한 내용이다. "반복되는 날들, 아무 일도 일어나지 않는 날들, 아주 좋지도 그렇다고 썩 나쁘지도 않은 날들. 나는 분명 무언가를 간절히 원하고 있었다. 그러나 무엇을 원하는지는 전혀 알 수 없었다." 그 무엇으로도 해소되지 않는 갈증의 나날 속에 문득 산에 가야겠다는 마음. 그로부터 우연과 필연이 겹쳐 산과 함께 산을 중심으로 살아가게 된다. 산으로부터 에너지를 얻고, 그 산은 다른 산을 기대하게 하며, 거친 숨을 내뱉고 땀 흘리는 가운데 자신에게만 집중하는 기쁨을 얻게 된다. 그리고 히말라야를 비롯한 수많은 산을 걷는 동안 더 강해지고 싶어 한다. "지금도 수없이 좌절하지만 훌훌 털고 금세 회복한다. 방법은 단순하다. 산에 가면 된다. 산을 오르고 달리고 나면 적어도 산을 오르기 전보다는 어떻게든 나아진다." 이렇다면 우리도 산을 오르지 않을 도리가 없다.

『아무튼, 서재』를 쓴 이는 목수다. 그러나 그는 나무만 만지는 사람이 아니다. 엄청난 독서량을 바탕으로 인문학적 소양과 뚜렷한 가치관을 지녔다. 저자는 자칭 서재 전문 목수라고 한다. 그러니 이 책에는 서재에 담는 책상, 책장과 의자, 책뿐만 아니라 텔레비전까지 다룬다. 이 책을 읽고 나면 책상과 책장에 어려 있는 목수의 땀에 대하여 숙연해지기까지 한다. 목수는 아직 자신이 만든 제대로 된 책장을 자신의 서재에 두지 못했다. 책상은 전시회 마치고 어찌 들여 놓았는데 책장은 손이 많이 가고 생각보다 고가라서 아직이란다. 그동안 만들어서 팔기는 했지만 차마 자신의 서재에 들여 놓지 못했다는 얘기에 장인의 심정을 이해하게 된다.

목수는 말한다. 한국 애서가들이 가진 책장의 조악한 수준은 아직 한국의 애서 문화가 문명화되지 못했다는 증거라고 한다. 나 역시 같은 수준이었다. 그러다 이 책을 접한 즈음에 마침 이사를 하게 되었고, 제대로 된 책장을 짜 맞추게 되었다. 최고급 자재는 아니지만 소나무로 양 벽면과 천장까지 꽉 채워 넣은 서가를 바라보면 은은한 솔 향과 더불어 항시 흐뭇한 마음이다. 남향의 두 번째로 큰 방에 마련된 서재에 앉아 환한 햇살 속에 편안한 자세로 책을 읽는 기쁨은 남다르다. "'현대인은 병들어 있다' 고 많은 사람이 진단한다. 원인에 대한 분석만큼 처방도 다양하다. 목수로서 나의 처방은 이것 하나다. 서재를 가져라. 당신만의 서재를 가져라. 명창정궤. 밝은 빛이 스며들고 정갈한 책상 하나로 이루어진 당신만의 서재를 가지는 일이 당신 자신의 모습으로 살아가는 첫걸음이 될 것이다."

『아무튼, 게스트하우스』는 직업이 약사인 저자가 40여 개국을 여행하며 이용한 게스트하우스, 그것도 주로 도미토리에서 지낸 이야기를 담고 있다. 홀로 호텔을 이용한 여행에서는 절대로 만날 수 없는 이야기다. 철든 후 더할 나위 없이 행복한 순간에도 스며드는 외로움, 이유도 알 수 없는 외로움에 여행을 떠나고 게스트하우스를 찾는다. 인도의 작은 마을, 태국의 옛 수도 아유타야 골목 안쪽에 자리한 게스트하우스, 뉴욕의 배낭족을 위한 숙소 등에서 만나고 마음을 나눈 친구들에 대한 이야기다. "그들의 이야기를 듣고 당신의 이야기를 하는 것은 생기면 좋은 일이라기보다 여행에 꼭 필요한 일이다. 그리고 당신이 어떤 사람인지 발견하는 아주 효과적인 방법이기도 하다."

누군가 말했다. 제주 올레길에서는 게스트하우스를 이용하라. 그리고 도미토리에서 함께 부대끼고, 함께 즐기는 저녁 파티는 여행의 백미가 될 것이다. 결국 나는 이것을 제대로 해보지 못할 것 같다. 지금은 코로나로, 더 나이 들어서는 주책이라고 눈총 받을 것 같아서다.

아무튼 시리즈는 하나만 파고드는 에세이다. 조그만 문고판이지만 다른 책에서 느낄 수 없는 특별한 따뜻함이 있다. 이 책들을 읽고 나면 그것을 사랑하게 된다. 비교적 평범하지만 내력, 내공이 예사롭지 않은 사람들이 써 내려가는 이야기는 깊이 공감케 하는 매력이 있다. 자기 일을 사랑하고, 따뜻한 마음으로 둘러보면 모두가 아름다움인 것을 이 책은 웅변하고 있다. 그리고 누구나 아무튼 시리즈의 주인공이 될 수 있다는 희망을 준다.

김연수의 말과 글

　　고요하지만 흔들리지 않는 사람, 소설가 김연수는 이런 이미지에 딱 들어맞는 사람이었다. 최근 행사 관계로 만난 그와 저녁을 함께하며 짧은 대화를 가졌다. 선한 웃음을 가진 그는 조용하지만 자기 생각을 설득력 있게 조곤조곤 풀어내는 스타일이었다. 그의 작품 중 다 읽은 책에다 사인을 부탁했다. 아주 천천히, 공들여 한 글자 한 글자씩 써 내려가는 모습이 인상적이었다. 그의 글씨는 아름답다고 표현해도 전혀 손색이 없었다.

　　소설가 김연수는 정말 고르고 고른 단어들을, 다듬고 다듬어 글을 써 내려간다는 느낌이다. "애기똥풀 꽃대처럼 여윈 '예정'의 그림자가 섬돌의 윤곽을 따라 비뚜름하게 명부전 맞배지붕 날카로운 그림자 사이로 섞여들고 있었다." 오후 햇살에 비친 그림자가 눈앞에 선명히 그려지지 않는가! "밤의 산길에서 바라볼 때, 이 세계는 바라보는 사람만 뚝 떼어놓고 저희들끼리만 서로 경계 없이 녹아든다." 불빛도 없는 산길을 홀로 걸어본 사람은 이 말을 바로 실감할 수 있을 것이다. 그는 우리를 둘러싼 언어의 체계가 여러 겹으로 이루어져 있다, 따라서 쓸 만한 단어들이 있는 안쪽으로 가기 위해서는 마음의 힘, 즉 염력이 필요하다고 한다.

그의 글에는 '빛' 이라는 단어가 자주 등장한다. "그늘은 빛이 있어 그늘이었다." "어둡고 습하고 음침한 곳으로 기어 들어간 건 거기야말로 내가 찾는 인생의 빛이 가장 잘 보이기 때문이다. 소설이 무엇이냐고 묻는다면 나는 '빛을 향한 평생에 걸친 이야기'라고 말하겠다." "어둠 속에 머물다가 단 한 번뿐이었다고 하더라도 빛에 노출되어 본 경험이 있는 사람이라면 한평생 그 빛을 잊지 못하리라." 이 빛은 예술, 바로 그것이라고 부를 수도 있으며, 사람이 추구하는 절대 가치라고도 할 수 있을 것이다. 김연수는 좋은 예술은 빛을 향해 가는 것이라고 말했다.

그리고 그의 작품에는 빛과 어둠처럼 대비를 통하여 하고자 하는 말에 악센트를 주고 있음을 자주 볼 수 있다. "성공을 논하려면 줄기차게 실패에 대해서 떠들어야만 한다. 마찬가지로 글을 잘 쓰고 싶다면, 못 쓰고 못 쓰고 또 못 쓰기를 간절하게 원해야만 할 것이다." 음악에서 포르테(세게)를 표현하기 위해서는 피아노(여리게)를 낼 줄 알아야 한다는 것과 같다. 또한 "좌절과 절망은 사람을 어떤 행동으로 이끌어 낸다." 그러면서 모든 위대한 예술은 거기 한때 큰 좌절과 절망이 있었다는 것을 보여주기 위해서 존재한다고 한다. "사실 악은 선의 결여일 뿐이다. 선을 행하지 못하는 사람들의 행위가 바로 악행" 이라고 한다. 대단히 종교적인 말이다.

김연수의 글을 읽다 보면 밑줄 치고 싶은 대목이 참 많다. "날마다 죽음을 생각해야 해요. 아침저녁으로 죽음을 생각해야만 해요. 그러지 않으면 제대로 사는 게 아니에요." 철학자 최진석이 매일 아침 "나는 죽는다. 나는 곧 죽는다."를 외치곤 하루를 시작하는 것과 같은 이야기다. 이럴 때 후회 없는 인생을 살 수 있지 않을까? "삶에서 시간이 아무런 의미가 없다는 사실을, 그저 보이는 것만이 전부는 아니라는 사실을, 이 세상에서 사라졌다고 믿었던 것들이 실은 내 안에 고스란히 존재한다는 사실을 나는 깨닫게 되었다." 그렇다. 우리 곁을 떠나간 사람, 살아온 흔적들이 얼마나 삶을 아름답고 풍요롭게 하는지 모른다. 때로는 잊은 듯, 외면하며 살지만 그것은 결코 사라진 것이 아니다.

가장 느리게 쓸 때 가장 많은 글을, 그것도 가장 문학적으로 쓸 수 있다는 놀라운 사실을 알게 되었다는 그에게 질문을 했다. 대단히 역설적이기도 한 이 말은 무슨 뜻인가? 그것은 속도를 의미하는가? 라는 우문을 던졌다. 그의 답은 그게 아니었다. 초고에 대하여 생각하고 또 생각하는 것을 의미 했다. 나는 느리다는 의미를 생각의 깊이로 받아들이기로 했다.

시인 백석을 주인공으로 그린 소설 「일곱 해의 마지막」을 통하여, 백석이 함경도 골짜기 삼수에서 인생의 마지막을 보냈으며, 자신의 성공을 알지 못한 채 죽었지만 바로 그러했기 때문에 오늘날 백석이 있다고 했다. 살아서 현실과 타협했다면 오늘의 그는 없을 거라는 얘기였다. 스스로 택한 것과 진배없는 유배지행, 꿈과 희망 없이도 사는 법을 터득했기에 백석이 존재한다는 이야기다. 누구나 과연 그러할 수 있을까? 어려운 이야기다.

오래된 추억 소환

소설가 박완서의 자전적 소설『그 남자네 집』이 작가 10주기를 맞아 개정판으로 나왔다. 꽤 오래전 이 책을 읽고 마지막 장을 덮으며 느꼈던 슬픔이 되살아났다. 당시 나는 이 책에 완전한 감정이입을 했었다.『그 남자네 집』은『그 많던 싱아는 누가 다 먹었을까』,『그 산이 정말 거기 있었을까』에 이은 박완서 자전적 소설의 완결판이라 한다. 마침 집에 두고도 미처 읽지 않았던『그 많던 싱아는 누가 다 먹었을까』를 설레는 마음으로 읽었다.

'싱아'는 초등학교 입학 때부터 스무 살까지 작가가 느끼고 겪었던 일에 대한 소설(기록?)이다. 일제강점기 후반부터 광복 후까지, 그리고 6.25를 관통하는 당시 사회상을 생생히 묘사하고 있다. 특히 개성 인근 시골에서 지낸 가족들에 대한 추억이 너무나 섬세하다. 참으로 기억력이 좋은 사람이 아닌가 하는 생각이 들었다. 하지만 작가는 돌아가신 할아버지에 대한 자잘한 기억까지 할 수 있는 것은 기억력 때문이 아니라 '애정' 때문이라고 한다. "할아버지가 평소 마루를 오르내릴 때 잡고 쓰던 삼으로 꼰 줄. 돌아가신 후에도 방학 때 집을 찾아 그 줄을 어루만지면 심장에 균열이 가는 것처럼 가슴에 진한 슬픔이 왔다." 이런 섬세하고 따뜻한 심성이 그를 닮은 글을 쓸 수 있었던 원동력이 되었을 것이다.

대학에 진학하며, 전쟁으로 인해 겪게 되는 고통의 한가운데서 작가로서의 탄생을 알린다. 1.4후퇴 피난길에 뒤쳐져 처음 서울살이 하던 곳, 현저동 꼭대기로 숨어들어 바라본 기괴한 풍경. 눈 아래 보이는 온 세상에 밥 짓는 연기 하나 피어오르지 않는 철저한 고립. 사방 천지에 사람 하나 없다는 공포에 다다랐을 때 문득 이것을 증언해야 할 책무를 느꼈다. 쇄익으로 몰려 당한 '벌레의 시간'도 증언해야 한다, 그래야 벌레에서 벗어날 수 있겠다는 예감. 그건 글을 쓰는 것. 이런 예감으로 공포를 이겨 냈다고 한다. 감수성이 남달랐으나 순수했던 박완서. 그런 가운데 유달리 자존심이 강했던 작가에게 이런 고난이 없었다면 소설가가 되지 않을 수도 있었다는 상상을 해본다.

'싱아'에 앞서 은희경의 『새의 선물』을 읽었다. 이 책 역시 어린 아이의 눈에 비친 사회상과 자신에 대한 이야기다. 다만 '싱아'가 작가의 십수 년에 걸친 이야기라면 '새'는

1968년, 진희의 12살 한 해의 이야기다. 그리고 '싱아' 속의 '나'는 자존심은 세지만 순진하고 따뜻한 심성의 아이라면 '새'의 진희는 한마디로 영악하다. 매우 똑똑하지만 어디에도 마음을 전부 다 열지 않는다. 이를 작가는 그들이 원하는 모습의 '보여지는 나'와 그런 자신을 '바라보는 나'로 구분 짓는다. 진희는 이런 두 사람(?) 사이에 언제나 있다.

이 두 책이 나의 오래된 추억을 떠올리게 하는 것은 그 시절 우리네 사는 모습을 너무나 실감나게 그렸기 때문이다. '싱아' 속의 작가가 어린 시절 첫 서울살이 할 때의 모습과 『새의 선물』에서 진희가 보낸 시절은 내가 어린 날 지낸 풍경과 매우 닮았다. 두 작가가 그린, 한 울타리 속에 여러 집이 사는 모습은 나의 형편과 흡사했다. 아버지가 병환으로 일찍 세상을 떠난 후 주부로만 살던 어머니는 덩그라니 큰 집과 넓은 집터를 활용해서 우리를 돌봤다. 본채를 두고 담벼락을 따라 하나씩 방을 짓기 시작했다. 그리고 세를 놓아 생활을 했다. 조금씩 조금씩 방을 늘려 나중에는 무려 13가구나 세를 놓았다. 그래서 화장실도 두 칸이나 되었지만 아침에는 언제나 붐볐다.

이런 환경 덕분에 나는 어린 나이에도 제법 남자 몫을 해야만 했다. 재료비를 아끼기 위해 시멘트 포대를 방바닥에 바른 후 생콩을 찧어 넣은 삼베 주머니를 여러 번 계속해서 문지르면 제법 그럴 듯한 장판지가 된다. 그리고 벽, 천장 등 도

배도 종종 해야만 했다. 이런 일은 세를 놓은 방 주인이 바뀔 때마다 반복되었다. 너른 마당에 이리저리 뻗어 있는 하수도 배관 청소도 내가 가끔씩 하는 일이었다. 다들 살기 어려운 사람들이어서 그런지 부부간의 거친 다툼도 간혹 있었다. 어린 나는 이런 것이 정말 싫었지만 그래도 같은 대문을 쓰는 모든 사람들이 가족처럼 지내는 분위기라 외로울 틈은 없었다.

아버지가 살아 계실 때의 우리 집은 참 운치가 있었다. 담벼락을 따라 담쟁이 넝쿨이 우거지고 그 아래 간장 된장을 담은 장독이 가지런했다. 마당 한가운데 화단이 있었고 구석에는 감나무와 그 아래 노천 목욕탕도 있었다. 그리고 대문 가까이 큰 오동나무가 있어 가을에는 동네사람들이 열매를 따러 많이들 오곤 했다. 무엇보다 정말 좋은 재목으로 지은 한옥은 아름다웠다. 어느 날 집을 팔고 이사를 가게 되었다. 그 후 꽤 오랫동안 잠에 들면 살던 집에 대한 꿈을 꾸곤 했다. '싱아'와 『새의 선물』을 읽고, 잊다시피 한 어린 시절의 추억이 마음 아프게 떠올랐다.

작은 기쁨에 대하여

최근 여러 가지로 머리가 복잡할 때, 두 권의 책으로부터 작은 위안을 받게 됐다. 박웅현의 『책은 도끼다』와 정신과 전문의 이근후가 쓴 『백 살까지 유쾌하게 나이 드는 법』. 이 두 책은 읽는 재미와 더불어, 책을 대하는 자세를 다시금 여미게 하고 생각의 지평을 넓혀 준다. 베스트셀러라면 왠지 읽어야만 할 것 같아 사놓고는 그냥 묵혀두는 나의 이상한 습관. 미루고 미루다가 부채감을 덜고자 읽은 책이 박웅현의 글이고, 하나는 며칠 전 선물로 받은 것인데 따뜻한 시선으로 가득한 이근후의 책이다.

『책은 도끼다』는 '책을 읽음으로 감동과 울림이 있어야 하지 않겠나. 그렇기 위해서 나는 이렇게 읽는다'는 내용인데 늘 줄거리가 궁금한 나 같은 사람으로서는 이 책으로 인해 반성하는 바가 적지 않다. 여기에 소개되는 책들 중 나도 이미 읽은 것이 다수 있지만 저자는 내가 보지 못했던 것에 대해 많은 이야기를 한다. 어차피 책이든 다른 예술 작품이든 알파와 오메가를 다 파헤칠 수는 없다. 내가 어떻게 느끼든 그것도 아주 소중하고, 거기서 하나씩 쌓아 가면 된다. 그렇게 보면 박웅현의 시선은 아주 세심하고 깊어 새로운 지평을 보여 준다.

저자가 지적했지만 독서의 양에 집착하는 사람의 자세로는 주마간산의 한계를 벗어날 수 없다는 것을 다시금 느꼈다. 이런 식으로는 시간을 들여 봐야 남는 게 별로다. 몇 권을, 무엇을 읽었다는 것이 중요한 게 아니라 무엇을 발견하고 깨닫는지가 더 중요하다는 것은 너무나 당연지사다. 양적인 욕심을 버리고 깊이 들여다보며 읽는 자세도 습관을 들이기 나름이다.

개인적 경험으로는 실용서적보다는 고전이나 인문학 책을 읽을 때 오히려 실용적인 아이디어가 더 많이 떠오른다. 그래서 이런 책을 읽을 때는 대체로 메모장을 가까이 둔다. 읽는 사이사이 떠오르는 생각들을 적는다. 어떻게 보면 잡생각을 하는 것과 비슷하지만 이렇게 떠오르는 단상들을 나는 소중히 여긴다. 그런데 전자책을 읽었을 때는 이런 경험을 한 적이 별로 없다. e북은 스토리는 기억나지만 읽는 과정에서 창의적인 사고는 잘 이루어지지 않는 것 같았다.

읽고 싶은 책은 꼭 산다. 빌려서 읽는 것도 전자책을 읽을 때와 크게 다르지 않다. 세계적 연주자의 공연이라 할지라도 초대받아 보는 것과 티켓을 사서 관람하는 것 사이에는 감동의 질이 다른 것과 같다. 아무튼 매우 개인적인 성향이지만 나로서는 이런 현상은 분명하다.

『백 살까지 유쾌하게 나이 드는 법』. 제목이 시사하는 것처럼 저자는 85세 때 이 책을 썼다. 그러니까 나이 드는 법에 관한 말을 할 수 있는 자격을 갖춘 분이다. 정신과 전문의로 대학에서 정년을 마친 후 무려 40만 부나 팔린 베스트셀러를 쓰기도 했다. 유쾌하게 나이 드는 법에 관해 피력하는 노년의 시선이 여느 젊은이 못지않게 건강하고 따뜻하다. "인생은 필연보다 우연에 의해 좌우됐다." "인생의 슬픔은 일상의 작은 기쁨으로 인해 회복된다."는 말에 깊이 공감한다.

의지만으로 되지 않는 인생. 그래서 산다는 것이 슬프지만 이를 이겨낼 수 있는 작은 기쁨을 찾아내는 능력이 탁월한 분이다. 이 책에는 이러한 것들로 가득하다. 언젠가 '슬픔에 대하여' 라는 글을 쓴 적이 있다. 사람은 슬플 때 가장 선해진다. 그리고 그 슬픔에서 교훈을 얻지 못한다면 슬픔은 너무나 허망하다는 생각이었다. 여기에 더해 저자는 슬픔을 이기는 작은 기쁨에 관한 세세한 눈을 보여준다. 나이 들어서도 여전한 죽음에 대한 두려움. 이는 극복할 수 없는 대상이지만 오늘 주어진 새로운 하루에 감사하며, 긍정적으로 작은 기쁨을 찾아내고야 만다.

한 어른께서 세상을 떠나기 전 자식들에게 이런 말씀을 남기셨다. "한세상 사는 거 만만찮데이…" 정말 만만찮다. 한 고비 지나면 또 다른 고비가 닥친다. 불행은 왜 나에게만!이라고 생각되는 순간도 있다. 내가 겪은 세월을 돌이켜 보면 '어떻게 그 시절을 지나왔지?' 라는 생각이 들기도 한다. 그렇지만 살다 보니 또 견디게 되고 그런 시간 속에서도 불쑥 찾아온 작은 기쁨으로 인해 위로받으며 지나왔다.

깊이 들여다보고, 작은 기쁨을 찾아내는 것에 대해 이 두 책은 알려준다. 과거에도 그랬지만 특히 지금 같은 시절에는 더욱 더 중요한 가치다.

새는 죽을 때 그 소리가 슬프다

"새는 죽을 때 그 소리가 슬프고, 사람은 죽을 때 그 말이 착하다." 이렇게 멋진 표현은 이문열의 장편소설 『황제를 위하여』에 나온다. 이 소설은 등단한 지 5년이 지난 작가가, 그러니까 서른넷 되던 젊은 시절의 이문열이 소설 『금시조』와 같은 해에 쓴 작품이다. 그래서 그런지 두 작품은 문장의 결이 엇비슷하게 다가온다. 어려운 한자어가 많아 읽기에 조금 불편했지만 이야기의 전개가 드라마틱하고 속도감도 있어 아주 재미나게 읽었다. 외국 고전을 중심으로 구성된 모 출판사의 세계문학전집에 떡하니 자리 잡은 두 권짜리 책 중 2권은 서울 출장길의 오가는 기차간에서 거의 다 읽었다. 그만큼 잘 읽힌다. 최근 새로 열 권 넘게 책을 사다놓곤 그것을 집지 않고 아직 읽지 않은 『황제를 위하여』에 마음이 더 끌려 보게 된 책이다.

소설은 조선시대 이래 민간에 유포되어 온 예언서 '정감록'을 기반으로 한다. 정씨 성의 진인이 나타나 이씨 왕조가 멸망하고 새로운 세계가 도래하리라는 이야기를 굳게 믿고 있는 정씨 일가가 이조 말, 일제 강점기 그리고 해방 후와 6.25 전쟁에 이어 70년대 초반까지 격동의 세월을 그야말로 온몸으로 관통하는 이야기다. 이야기는 주로 충청도 어느 곳으로 짐작되는 흰돌머리라는 마을을 중심으로 펼쳐지지만 멀리 만주에서의 개척까지 아우르고 있다. 대하소설을 다루는 이문열의 글 솜씨와 더불어 방대한 자료를 공부한 작가에게 절로 고개가 숙여지는 작품이다.

한마디로 이 소설을 나는 역설의 소설이라고 부르고 싶다. 어떻게 보면 세르반테스의 『돈키호테』와 궤를 같이한다고 볼 수 있다. 이씨 왕조가 무너지자 바로 정씨의 시대가 온 것이라고 믿거나, 주변에 일어나는 작은 사건도 모두 자신의 세상임을 알리는 징조로 판단하는 사람들. 산골 초막에서 곤궁한 생활을 하면서도 자신의 왕조가 곧 열리리라는 믿음을 버리지 않았지만 생의 마지막에 그는 깨닫는다. "우리 삶에서 미망迷妄으로부터 온전히 자유로울 수 있는 자가 몇몇이던가. 어떤 자는 평생 단 하나의 진품도 내지 못하였으면서 자기가 위대한 예술가였다는 것만은 의심하지 않고 죽으며, 살아가는 방법은 대개 그 반대이면서도 선거 때만 되면 자기가 애국자임을 의심하지 않고 열변을 토하는 자가 수백 명씩 쏟아져 나오고…." 우리가 애써 실체를 외면하면서 자기 최면을 걸듯이 스스로를 기만하며 살아가는 모습을 꾸짖는 것만 같은 이야 기다.

평생에 걸쳐 자신을 보필하던 신하(?) 두충의 죽음에는 이런 말을 남긴다. "저 죽은 자가 생전에 살기만을 원했던 사실을 후회하지 않을는지 내 어떻게 알 수 있겠는가? … 내가 슬퍼함은 그대를 여읜 탓인가? 아니면 아직도 깨지 못한 나를 위함인가? … 어떤 이는 아주 꿈에서 깨어난 뒤에야 비로소 삶이란 꿈인 것을 알게 된다. … 아아, 제왕인 내가 천민의 꿈을 꾸고 있는 것이냐? 천민인 내가 제왕의 꿈을 꾼 것이냐?" 도대체 확실한 것은 무엇인가? 내가 보고 듣고 경험한 것에 대한 절대적 믿음이 과연 사실인지. 우리가 목숨 바쳐 지키고자 한 신념이 그만한 가치가 있었던 것인지. 헤게모니를 잡기 위한 치열한 다툼과 수많은 토론의 날들이 과연 그럴만한 가치가 있었던 것이냐고 작가는 우리에게 물음표를 던지는 것 같다.

아무튼 새가 죽을 때의 소리는 슬프지만 사람이 죽을 때는 착한 말을 한다는 표현은 나에게 깊숙한 울림을 준다. 살아온 날보다는 살날이 훨씬 짧은 나 같은 사람은 입 밖으로 뱉어내는 말이 착하고 진실을 담아야 한다. 알겠는가? 명심하거라! 라고 소설을 통하여 작가는 우리에게 말을 건네는 것만 같다. 나이를 먹으면서 삶의 무게를 가볍게 함이 마땅한데 현실은 그렇지 못하다. 마치 언젠가는 필요하겠지 하면서 버리지 못하고 머리에 이고 사는 온갖 잡동사니 살림살이들처럼, 쓸데없는 허영을 끌어안은 채로 오히려 훈장마냥 주렁주렁 달고 사는 것만 같아 어깨가 욱신거린다.

인생 백세시대의 어두운 그림자 치매. 이게 닥치게 되면 참으로 곤란하다. 치매의 증상 중 하나는 평소 행동하던 대로, 그간 해온 말투대로 한다고 한다. 자신은 인지하지 못하는 사이에 스스로의 언행이 그대로 노출되고야 만다. 그래서 여기에 따라 요양병원에서도 굉장한 밉상으로 생을 마감하게 될 수도 있다 한다. 노후대비 차원에서도 가식을 버리고 진솔하게 자신을 응시해 볼 일이다. 스스로 눈살을 찌푸리게 되는 말과 생각 그리고 행동을 바로 세워나가지 않으면 그야말로 삶이 곤궁해질 수도 있겠다. 입을 다물고 가만히 쳐다보면 보일 것이다. 내가 어떤 사람인지. 볼 수 있게 되면 길을 찾을 수 있을까? 그리하여 언젠가 세상을 떠날 때 착한 말을 남길 수 있을까?

사벽四壁의 대화

이 책은 강원도 정선 깊은 산중의 토굴 심적深寂에서 지허 스님이 한시절 수행한 것을 바탕으로 한 토굴일기다. 이야기는 심우 스님이 수행하는 심적에 지허 스님이 찾아가는 것으로 시작한다. 겨울에서 봄 여름 가을 그리고 다시 겨울을 맞는 동안 심우당과 지허당 두 사람이 토굴에서 계절을 나기 위해 최소한의 먹거리를 구하는 노동과 진리에 대한 깊은 대화를 기록하고 있다. 이들의 수행일기는 단조로우면서도 치열하다. 그리고 빛나는 언어로 가득하다.

"눈에 보이는 커다란 선은 다투어 행하려 하지만 눈에 보이지 않는 조그마한 선은 다투어 외면"하는 인간의 위선을 지적하며 "어떠한 고苦가 오더라도 고의 끝에 달고 오는 것이 선이라면 끝까지 용기로워지면서 바보처럼 묵묵히 감내"하겠다고 다짐한다. 이러한 아름다운 대화보다 더 감동적인 것은 청빈이 아니라 극빈의 토굴 생활을 노동으로 이어가는 그들의 수행 방법이다.

산중 생활을 하는 그들이 먹는 양식은 꿀밤과 무 그리고 소금이 전부다. 조반을 끝내고 꿀밤 솥에 불을 지피고 나무하러 간다. 고사목만 채취하기에 한낮이 되어서야 겨우 한 짐 할 수 있다. 점심 먹고 꿀밤 솥에 물을 갈고 또 나무하러 간다. 저녁을 먹은 후에는 어두움 속에서 꿀밤을 깐다. 이렇게 한 끼 먹거리를 위해 온종일 노동을 한다. 토굴 생활은 아무런 제약이 없어 투철함이 없이는 오히려 타락하기 쉽다. 그들은 매일 일정하게 노동을 하며 자신을 단단히 얽어매고 있다.

그럼 공부는 언제 하지? 일하는 시간을 줄이고 공부하는 게 더 낫지 않을까라는 게 보통 나처럼 게으른 사람의 생각이다. 지허 스님이 심적에 오기 전 어느 수좌가 심우당을 찾았다. 그는 심우와 달리 쌀로 밥을 해 먹고 토굴을 정결히 하고 도배까지 했다. 그리고 열흘이나 걸려 장작을 잔뜩 해놓고 방으로 들어가 공부를 시작했다. 나흘째 되던 날 짐을 꾸려 "새로 산 신발만 다 낡았구나."라는 말을 남기고 길을 떠났다.

비록 욕망을 완전히 탈피하진 못하더라도 적어도 외면이라도 해보려고 스스로 울타리를 쳤다. 욕망이 싫어서가 아니라 너무 좋아서였다. 범부가 고뇌 속에서 탈피하지 못하는 소이는 자기 자신에겐 언제나 관대하기 때문이다. 구도자는 자신에게 언제나 냉혹하여 과오를 범할 때마다 가차 없이 스스로를 난도질해야 한다는 그들은 견성하기 위해 입으로만이 아니라 온몸을 다해 정진한다. 오늘날 온갖 핑계로 자기합리화를 하는 사람에게는 아프고도 부끄럽게 다가오는 모습이다.

이 책은 오랜 시간 동면에 들었다가 몇 해 전 보완 작업을 거쳐 다시 세상에 나오게 되었다. 심우당이 깨달음을 얻은 뒤 "인간의 비극을 종식시킬 수 있는 유일한 행동은 근로뿐이다."라는 말을 남기고 하산해서 처음 한 일은 심적 아래 60대 화전민 노부부와 함께 살며 그들을 돕는 것이었다. 세상의 보다 큰 슬프고 외로운 그림자보다 노부부의 조그마한 그림자를 지워주고자 함이었다. 이처럼 이 책은 작은 일에 최선을 다하는, 묵묵히 행동으로 실천하는 사람들의 가치를 웅변한다.

구도자들이 끝이 보이지 않는 길을 찾아 수행하는 것처럼 많은 사람들은 종착역이 어딘지 알 수 없다 하더라도 멈추지 않고, 길을 틀지 않고 나아간다. 무대 위의 예술가들 역시 그러하다. 그들은 자신의 예술을 위하여 치열하게 정진한다. "해도 늘지 않지만 하지 않으면 줄어드는 것은 확실하다."는 말이 있다. 그만큼 예술의 성취는 어렵다는 말이다. 보통 사람은 인지하지 못하는 그 미세한 차이를 극복하기 위해 수많은 아티스트들은 그야말로 밤을 밝힌다.

이 책을 발행한 스님께선 "이 글을 처음 대했을 때 엉엉

소리쳐 울고 싶은 심정이었다."고 말씀하신다. 글에 배어 있는 수행자의 다함없는 진정성과 쇠라도 녹일 뜨거운 구도열, 자신에게 몹시 엄격한 수행의 자세에 부끄러움을 느낀 탓이다. 그만큼 이 책은 특별하다. 누가 알아주지 않더라도 욕심내지 않고 기쁘게 자신의 일을 사랑하며 언제나 최선을 다하는 사람. 타인의 시선이 아니라 스스로에게 부끄럽지 않도록 항상 바로 서고자 노력하는 사람. 이 책을 읽노라면 이런 사람들이 생각난다. 자신에게 정직한 사람들의 일기인 이 책은 한 번 읽고 말 것이 아니라 가까이 두고 가끔씩이라도 다시 끄집어내서 곱씹어 볼 일이다.

여행의 매력

여행 서적 중 김영하의 『여행의 이유』를 최근 가장 재미있게 읽었다. 이런 대목이 나온다. 여행의 이유? 사람은 언제나 과거에 대한 후회와 미래에 대한 걱정으로 산다. 그러나 여행은 오롯이 현재를 살게 한다. 목적지에 무사히 가야 하고, 안전하고 편안한 잠자리를 찾아야 한다. 또한 먹거리를 확보해야 한다. 따라서 여행은 과거와 미래에 대한 생각보다는 오늘 당장의 일을 해결해야 하는 현재의 시간 속에 살게 한다. 매우 공감이 가는 이야기다. 나 역시 일상에서는 후회와 걱정의 상념 속에 살지만 어디론가 훌쩍 길을 떠나면 그것에서 벗어날 수 있다. 현실이라는 물리적 공간에서 벗어남으로 해서 생각의 공간까지 거기에서 벗어나 여유와 자유를 가지게 된다.

특히나 불확실성과 불편함이 있는 여행지에서는 이러한 경험을 더 깊게 하게 된다. 나에게는 몽골이 그런 곳이다. 몽골 여행의 매력은 길 위에 있다. 흔들림이 있는, 이동의 경로인 길 위에서는 특히나 현재에 집중하게 된다. 초원의 나라답게 끝없이 펼쳐진 지평선을 향해 달리는 맛은 각별하다. 같은 풍경이 계속 펼쳐지는 듯하지만 그것은 지루하지 않다. 음악에서 무한 반복되는 단순한 리듬에 때때로 우리는 열광한다. 몽골의 초원을 달리노라면 문득 이와 같다는 생각이 든다. 그리고 자세히 바라보면 늘상 같은 풍경이 계속 펼쳐지는 것이 아니다. 길 옆에 핀 야생화, 변화무상한 구름의 모양 그것을 무심히 바라보는 것 또한 매우 각별한 즐거움이다.

누군가는 몽골은 아무것도 없기 때문에 좋다고 하지만 반만 맞는 말이다. 거기에는 초원이 있고 바람이 있고 별이 있다. 그리고 사막도 있다. 사막에 가본 사람은 안다. 그곳이 왜 사막인지. 사막에는 끝없이 바람이 분다. 그 바람에 의해 사막이 형성된다. 모래언덕에 가만히 앉아 있노라면 부는 바람에 얇은 모래막이 날아다니는 것을 볼 수 있다. 그 바람 소리속에서도 언덕을 스치며 날아다니는 모래 소리를 들을 수 있다. 사그락 사그락 하는 그 소리에 귀 기울이노라면 무아의 경지에 들 수 있다.

그리고 사막의 밤에 운이 좋으면 밤하늘 가득 빛나는 별을 볼 수 있다. 날이 흐리거나 달이 뜨면 볼 수 없지만 그렇지 않은 날 늦은 밤이나 새벽녘에는 우리가 어릴 때 시골에서나 보던 그런 별무리를 볼 수 있다. 남북으로 선명하게 띠를 두르고 있는 은하수, 그 끝자리에 위치한 북두칠성 등 책에서 배우던 별자리들이 선명히 빛나고 있다. 밤하늘 가득 거대하게 펼쳐진 별들을 보고 있으면 누구나 우주의 시원에 대하여 생각하게 된다. 그 가운데 외로이 서있는 우리의 모습은 너무나 작고 초라함을 느끼게 된다. 검은 하늘을 온통 뒤덮은 별 아래에서는 누구나 욕심을 버리게 된다.

초원에 자리한 게르에서의 하룻밤은 매우 낭만적이다. 몽골의 수도 울란바토르 인근 테를지 국립공원 내의 캠프는 현대식으로 시설이 잘 조성되어 있다. 하지만 몇백 킬로 이상 떨어진 시골에서는 그렇지 않다. 한여름에도 새벽녘이면 어김없이 한기가 올라온다. 화장실, 샤워장도 매우 불편하다. 때로는 전기도 하루 두 시간, 따뜻한 물도 그 시간에만 나온다. 하지만 대자연 속의 잠자리는 이런 불편함을 상쇄시키는 대단한 매력이 있다. 저기 멀리 발 아래 초원이 자리하고 있고 뒤쪽으로는 기암절벽이 웅장하게 서있다. 아늑함과 평화로움이 캠프를 감싼다.

여행은 항상 뒤늦게 우리의 감성을 자극한다. 여행지에서는 시큰둥하게 반응했더라도 일상에서는 그것이 따뜻하고 아련한 감성으로 되살아난다. 매일 똑같은 하루를 살아가지만 그날만의 특별한 기운, 느낌이 있다. 멀리 길을 떠난 그곳에서 느꼈던 것과 비슷한 날씨와 바람, 그리고 햇살이 일상에서 툭 튀어 나올 때, 여행지의 모든 추억과 감상이 스미어 나오게 된다. 그것은 대단히 아름답고 특별한 경험이다. 나는 이것이 여행의 가장 큰 매력이라고 생각한다. 이것이 나로 하여금 또다시 길을 떠나게 한다.

　나는 여행지에서 하나라도 더 보고, 더 맛보려 하지 않는다. 그냥 흐르는 대로 몸을 맡기는 편이다. 가능하면 욕심내려 하지 않는다. 많은 것을 보고 즐기는 여행보다 비울 수 있는 것이 더 좋다. 그것은 평화롭다. 비우는 여행은 일상에 지친 몸과 마음을 위로해 준다. 비우면 사라지는 것이 아니라 다시금 더 충만하게 채워진다. 그것도 아름답게….

기사단장 죽이기

무라카미 하루키의 글에는 음악이 많이 나온다. 음악은 그의 글에 없어서는 안 되는 중요한 소재다. 풀어가는 시각도 다양하다. 음악과 음악가에 대한 이야기 또는 음악에 의한 분위기 묘사. 굉장한 음악 애호가인 그는 작업을 할 때 음악의 리듬을 타듯이 글을 쓴다고 한다. 세계적 지휘자 오자와 세이지와 음악에 대한 대담집까지 출간했다. 그것도 이야기를 하루키가 주도할 정도로 음악에 대한 그의 지식은 넓고도 깊다. 그리고 그는 훌륭한 음악을 듣는 데는 그에 마땅한 양식이 있어야 한다고 믿는다. 특히 LP음반을 들을 때 한 면을 듣고 두 손으로 뒤집어 바늘을 올려 다음 곡을 듣는 것. 이런 행위를 통해서 음악의 내면으로 들어갈 수 있다고 말한다. CD로 들을 때와는 사뭇 다르다고 그는 생각한다.

몇 년 전 국내에서도 베스트셀러였던 소설 『기사단장 죽이기』는 오페라의 한 장면을 모티브로 삼아 이야기를 풀어나간다. 일인칭 소설 『기사단장 죽이기』의 주인공인 '나'는 이름이 없다. 이 작품은 화가인 주인공의 성장일기라고 해도 무방하다. 비록 성인이지만 개인적 아픔과 비현실적 체험을 통해서 새로운 눈을 뜨는, 정신적 성장 말이다. 간단히 말하면 현실도피-신비한 경험-현실복귀의 구도로 되어있다. 그리고 이 소설은 '깊이 들여다보기'에 대한 것이다. 대충 봐서는 볼 수 없는 것들에 대한 이야기. 이런 장면이 나온다. "귀를 잘 기울이고, 눈을 크게 뜨고, 마음을 날카롭게 벼려두어야 한다. 그것밖에 길이 없다. 그리고 때가 되면 알게 된다." 특히 주인공은 화가, 초상화를 그리는 화가다. 모델의 내면까지 그릴 수 있을 만큼, 고요하지만 꿰뚫어 보는 힘을 가졌다.

　주인공 '나'는 욕심 없고 무심한 편이다. 소설에서 군이 주인공의 이름을 짓지 않음도 익명성이 지닌 보편성, 평범함을 표현하기 위함이라 생각한다. 바로 그런 미지근한 무심함 때문에 아내에게 이별을 통보받는다. 그러나 그의 무심함은 어리석음과 다르다. 욕심 없는 마음을 지녔기에 욕심에 눈이 멀지 않았다. 그렇기에 그는 보통 사람과는 다른 눈을 가지게 되었고, 그들과는 다른 영적인 체험도 할 수 있게 된다. 신비한 체험을 통해서 그동안 보지 못했던 자신의 내면 깊숙한 곳을 응시하게 된다. 피하려 했으나 결국은 맞닥뜨릴 수밖에 없는 진정한 자신의 모습. 목숨을 걸고 바라보는 자신의 내면.

이런 시련을 통해서 진정한 사랑을 할 수 있다는 자신감을 가지게 된 그는 아내 유즈를 다시 찾고 딸도 얻게 된다.

그리고 그는 넘치지 않는 생각, 행동을 하는 사람이기에 튀어 보이지는 않지만 강단 있는 사람이었다. 일찍 세상을 떠난 여동생의 모습이 투영된다고 믿는 이웃집 소녀 마리에를 위하여 모험도 불사한다. 그에게 닥친 극한의 위기, 공포 앞에서 이렇게 말한다. "… 나에게는 믿는 힘이 있기 때문이다. 비록 좁고 어두운 장소에 갇힌다 해도, 황량한 황야에 버려진다 해도, 어딘가에 나를 이끌어줄 무언가가 존재한다고 순순히 믿을 수 있기 때문이다." 바로 이런 자신에 대한 믿음이 있었기에 암흑에서 벗어날 수 있었다.

그리고 보면 대단히 종교적인 작품이다. 그리고 말로 떠들지 않고 고요히 자신에 대한 믿음을 지켜나가는 사람에 대한 이야기다. 소설 『기사단장 죽이기』는 모차르트 오페라 〈돈 죠반니〉 첫 장면을 중심으로 이야기가 전개된다. 이 오페라는 돈 죠반니라는 방탕한 귀족에 대한 이야기지만 그 너머에는 명예와 사랑 그리고 해학과 권위의식에 대한 저항을 담고 있는 작품이다. 잘 짜여진 스토리와 완벽한 음악적 구성, 색채감을 자랑하는 모차르트의 걸작 오페라다. 이런 작품은 수많은 사람에게 영감을 준다. 그리고 이 오페라에서 주역은 아니지만 강렬한 인상을 줄 수 있는 역이 있다. 오페라 첫머리에서 돈 죠반니와의 결투에서 패하여 죽임을 당하는 코멘타토

레 즉 기사단장 역이다. 짧게 나오지만 대단한 존재감을 나타
낼 수 있다. 물론 극 중 비중을 떠나 역량 있는 성악가가 맡았
을 때 그러할 수 있다는 얘기다.

나는 걷는다

간결하고 직설적인 제목의 이 책을 나는 몇 해 전쯤 해 질 녘 제주의 한적한 해변가 카페에서 처음 발견했다. 굳이 지은 이 이름을 외울 필요도 없었다. 한 번 보면 잊을 수 없는 제목 이니까. 3권으로 된 이 책 읽기를 미루고 있다가 완결판이라 고 할 수 있는 『나는 걷는다 끝』까지 구입하고 나서야 한꺼번 에 다 읽었다. 책의 내용은 너무나 단순하다. 걷고, 먹고 그리 고 자고. 다시 그것을 반복하는 것으로 가득하다. 하지만 책 을 읽는 동안 나는 마치 내가 걷고 있는 것 같은 느낌을 강하 게 받았다. 심지어 저자가 이질에 걸려 고통받고 있을 땐 나 도 병에 걸린 듯한 느낌이 들 정도였다. 물론 책을 손에서 놓 으면 멀쩡해지긴 했지만….

프랑스 저널리스트였던 베르나르 올리비에Bernard Olivier가 은퇴 후 이룬 세계 최초 실크로드 도보 여행기다. 이 책은 단순하지만 위대한 여정의 기록이다. 예순한 살인 1999년부터 2002년까지 터키 이스탄불에서 옛 중국의 수도 시안까지 이르는 12,000킬로미터의 실크로드를 4년간 네 번에 나누어 단 한 걸음도 빠짐없이 홀로, 오로지 도보로만 걸었다. 질병으로 첫 번째 여행길을 중단한 후 이듬해 한 치의 오차도 없이 바로 그 지점을 찾아 여정을 다시 이을 정도였다. 1권은 터키를 횡단해서 이란 국경에 이르기까지 여정을, 2권은 이란에서 우즈벡의 사마르칸트까지를, 그리고 3권은 마침내 중국의 시안에 도착하기까지의 장도를 담고 있다.

　이 길에서 그가 겪은 수많은 고난과 위험한 일보다 더 많은 따뜻하고 선한 사람들로 인해 그는 계속 걸을 수 있었다. 가난할수록 더 많이 나누고, 생면부지인 그에게 정을 베푸는 의인들은 그가 이 여행을 성공할 수 있었던 가장 큰 동력이었다. 사는 것 자체에 의미를 부여하기 위해 길을 떠난 그는 과거 열여덟 살에 결핵에 걸려 미친 듯이 걷고 달리기에 몰두해 결국 건강을 되찾은 경험이 있다. 그는 이 실크로드 도보 완주 대장정 2년 전에 프랑스에서 스페인 산티아고 데 콤포스텔라Santiago de Compostella까지 2,325킬로미터에 이르는 거리를 도보 여행을 했다. 또한 걷기를 통해 비행청소년을 돕는 '쇠이유Seuil'라는 단체를 설립해 이 프로그램에 참여한 봉사자와 청소년이 함께 2,000킬로미터 이상을 걷도록 했다. 걷기의 치유 능력을 누구보다 잘 아는 사람이다.

홀로 걷기의 가장 큰 선물인 고독을 즐겼던 그는 사별 후 만난 두 번째 부인 베네딕트 플라테Benedicte Flatet의 권유로 2013, 2014년 두 해에 걸쳐 2,900킬로미터에 이르는 실크로드의 마지막 구간 프랑스 리옹에서 터키 이스탄불까지 그녀와 함께 걸었다. 두 사람이 함께 쓴 그 기록이 『나는 걷는다 끝』이다. 그의 나이 일흔여섯에 여정을 마친 것이다.

셰릴 스트레이드Cheryl Strayed의 자전적 소설을 텍스트로 한 〈와일드〉 역시 걷기의 위대함을 그린 영화다. 절망에 빠진 스물여섯의 젊은 여성이 멕시코 국경에서 미국 서부 태평양 산맥을 따라 캐나다 국경까지 이르는 약 4,300킬로미터에 달하는 '퍼시픽 크레스트 트레일(PCT)' 종단을 통하여 자아를 찾아가는 이야기다. 가족의 죽음과 마약 그리고 이혼의 아픔에서 벗어나고자 길을 나선 그녀는 "94일 동안 PCT를 걷는다는 것은 육체적으로 엄청나게 힘든 일이었지만 그에 못지않게 영적인 여정이기도 하다. 많은 이들이 힘들 때 자연에 기대는 것처럼 나도 그 길에 기댔고, 갈 곳 몰라 하고 있을 때 그 길은 나에게 한 걸음 한 걸음 내딛는 법을 가르쳐 주었다."고 말했다. 그렇다고 이 영화가 마냥 마음 편히 감상할 수 있는 그런 영화는 아니다. 주인공이 걷는 동안 겪는 고통이 전해진다. 그녀의 발톱이 빠지는 장면에는 나도 아팠다. 목가적인 장면이 펼쳐지지만 걷는 것은 힘들다. 우리 인생이 그런 것처럼….

많은 사람들은 산티아고 순례길을 버킷 리스트로 간직하고 있을 것이다. 나 역시 그렇다. 한때 잠시 쉬고 있을 때 그 꿈을 실현하고자 했다. 그러다 그즈음에 파울로 코엘료Paulo Coelho의 『순례자』를 읽고 잠시 미루기로 했다. 코엘료는 38세에 유명 음반회사 중역을 그만두고 산티아고 순례길을 걷게 되었다. 이때의 경험을 바탕으로 이듬해 『순례자』를 쓰게 되었고 세계적 작가로 거듭나게 된 것이다. 감히 그와 비교하는 것은 아니지만 그는 한 번의 여행으로 이런 작품까지 쓰게 되었는데 나의 산티아고 여행은 '남들이 장에 가니 나도 거름 지고 장에 가는 것과 같다'는 생각이 들었다. 언젠가 가게 될 날이 오리라 기대하지만 지금은 인근 둘레길과 가끔씩 걷는 퇴근길에서도 기쁨을 느낀다. 걸을 땐 걷는 생각만 하고자 노력하며 나는 걷는다, 오늘도.